# 현대 마도학자

네르가시아 장편 소설

FUSION FANTASTIC STORY

# THE MODERN MAGICAL SCHOLAR

# 현대 마도학자 2

네르가시아 장편 소설

초판 1쇄 찍은 날 § 2014년 10월 15일
초판 1쇄 펴낸 날 § 2014년 10월 22일

지은이 § 네르가시아
펴낸이 § 서경석

편집부장 § 권태완
편집책임 § 박은정

펴낸곳 § 도서출판 청어람
등록번호 § 제387-1999-000006호
등록일자 § 1999. 5. 31
어람번호 § 제2-2541호

주소 § 경기도 부천시 원미구 부일로 483번길 40 서경B/D 3F (우) 420-822
전화 § 032-656-4452 팩스 § 032-656-4453
http://www.chungeoram.com
E-mail § chungeorambook@daum.net

ISBN 979-11-316-9245-5 04810
ISBN 979-11-316-9243-1 (세트)

# 현대 마도학자

네르가시아 장편 소설

FUSION FANTASTIC STORY

## THE MODERN MAGICAL SCHOLAR

**2**

현대
마도학자

THE MODERN
MAGICAL
SCHOLAR

# CONTENTS

| | | |
|---|---|---|
| 제1장 | 문제 해결의 실마리 | 7 |
| 제2장 | 복수의 시작 | 33 |
| 제3장 | 독종들 | 61 |
| 제4장 | 단죄의 시간 | 89 |
| 제5장 | 마을의 새 손님 | 115 |
| 제6장 | 새로운 사업을 펼치다 | 141 |
| 제7장 | 호시절로 | 169 |
| 제8장 | 기회가 찾아오다 | 201 |
| 제9장 | 매입에 나서다 | 225 |
| 제10장 | 걸림돌 | 251 |
| 외전 Part 1 | | 279 |

# 1장

문제 해결의 실마리

지수자원에 있는 중고차 전체에 대한 조사가 시작되었다.

차량을 분해하고, 재결합하고, 다시 차량에 대한 성능 검사를 실시하려는 목적이다.

그러는 동안 화수에 대한 조사도 이뤄졌다.

"차량을 재생시킨 원리에 대해 말씀해 주시죠."

조사관은 대전 동부경찰서에서 파견된 인력으로, 조서를 꾸미는 형식은 경찰서와 같이 진행된다.

만약 이 상황에서 화수의 혐의가 인정되면 곧바로 동부경찰서로 연행될 수도 있었다.

한마디로 지금 화수는 경찰 조사를 겸해서 받고 있는 것이다.

그는 차근차근 차량 복구에 대한 원리를 설명해 나간다.

"우선 차량을 분해해서 누락된 부품과 마모된 부품으로 나눕니다. 누락된 부품은 다른 폐차장에 문의해서 구하거나 신품으로 구매하지요."

"만약 중고품이 없다면 그만큼 손해를 보는 것 아닙니까?"

"그래도 이윤이 많이 남는 장사라서 상관없습니다. 그리고 기왕지사 차량을 수리하는 건데 중고를 쓰지 않으면 어떻습니까?"

경찰은 작게 고개를 끄덕인다.

"뭐, 그건 그렇군요."

"아무튼 그렇게 하고 나면 남은 것은 마모된 부품입니다. 저는 이 마모된 부품을 재생시키는 것으로 처리했지요."

"마모된 부품을 재생시킨다? 어떻게 말입니까?"

"원래 부품은 공장에서 주물로 찍어내는 것이 보통입니다. 그렇다면 사용하다 마모된 부품들 또한 쇠를 녹여서 붙이면 달라붙는다는 소리지요."

"그러니까… 쉽게 얘기하자면 떨어져 나간 부분을 다시 접합시킨다는 것이군요?"

"그렇습니다. 그런 후에 다시 철을 연마시키면 새것과 비슷한 강도의 부품이 만들어지는 셈이지요."

100% 다 맞는 소리는 아니지만 원리는 화수가 지향하고 있

는 공법과 같다.

아무리 경찰이 차에 대해 잘 알아도 이에 대해 반발하지는 못할 것이다.

"잘 알겠습니다. 여하튼 이런 식으로 차량을 계속해서 재생시켜 왔다는 것이지요?"

"그렇습니다."

경찰은 여기서 조서를 마무리 짓기로 한다.

"일단 조서를 꾸미는 작업은 끝났습니다. 하지만 다시 고물상을 운영하는 것은 유보합니다. 정식으로 허가를 다시 인가하는 것은 아니기 때문이지요."

한 달간의 공사 스케줄이 꽉 차 있는 화수로선 엄청난 타격이 아닐 수 없었다.

"그럼 제가 잡아놓은 공사는 다 어쩝니까?"

경찰은 어깨를 살짝 들었다 놓는다.

"그거야 선생님 사정이지요. 그러니 왜 이런 불량품을 판매한 겁니까?"

해도 해도 너무하다는 생각이 든다.

하지만 지금 여기서 공권력에 도전한다는 것은 있을 수도 없는 일이다.

"…알겠습니다."

화수는 어쩔 수 없이 공사를 취소하거나 연기하기로 한다.

철거는 다음 공사를 위한 사전 작업이기 때문에 시공 일자
가 무척이나 중요하다.

업자들은 화수가 현재 경찰 조사를 받고 있다는 소리에 줄
줄이 공사를 취소했다.

―기한이 미뤄지면 우리도 손해를 보니 어쩔 수 없군. 다른
업체를 쓰겠네.

"죄송하게 되었습니다. 어쩌다 보니 일이 좀 꼬였군요."

―아닐세. 사업을 하다 보면 그럴 수도 있는 법이지. 아무
쪼록 일이 잘 마무리되면 보세나.

―예, 그럼.

김철민이나 정만식 같은 사람들이야 화수를 상당히 신뢰
하고 있다고 하지만, 아직 공사를 끝내지 못한 사람들에게선
좋은 소리가 나올 리가 없다.

그는 다음 2주 동안 진행해야 할 공사를 유보한다는 통보
를 전화로 했다.

"죄송하게 되었습니다. 경찰 조사를 받느라 영업을 할 수
가 없군요."

―그렇다면야 별수 있나요? 위약금을 받고 다른 업체를 써
야지.

"위약금… 말입니까?"

─당연히 위약금을 받아야지요. 당신 때문에 공사를 못한 시간이 얼마인데.

사실 화수가 공사를 유보한다고 해서 그들에게 피해가 갈 일은 그리 많지는 않을 것이다.

하지만 계약이라는 것은 그저 종이에 서명했다는 것을 증명하는 문서가 아니다.

계약을 위반하면 그에 대한 배상을 해야 하는 것이 당연한 일이다.

"위약금은 계좌로 송금해 드리겠습니다. 죄송합니다."

─그래요. 그럼 다음에 더 좋은 모습으로 봅시다. 그럼.

앞으로 이 사람과 화수가 더 이상 얼굴을 맞댈 일은 아마 없을 것이다.

이렇게 좋지 않은 일로 등을 돌리게 되면 그 어떤 누구라도 재계약을 하지 않을 것이기 때문이다.

물론 그것은 화수 역시 마찬가지다.

그는 전화를 끊고 애써 화를 삭였다.

"후우, 빌어먹을. 이런 날벼락이 다 있나?"

전희수가 그런 화수를 바라보며 물었다.

"이제 저는 어쩝니까?"

"별수 없지요. 휴가 수당을 드릴 테니 집에서 좀 쉬고 계십시오."

그녀는 고개를 가로젓는다.

"그럴 바엔 그냥 이곳에 있겠습니다. 딱히 집에가 봐야 눈치밖에 더 보겠습니까?"

의리 때문인지 그녀는 굳이 이곳에 남겠다고 한다.

화수는 그런 그녀가 참으로 고맙다.

"고맙습니다. 밥이나 먹으러 갑시다."

"그러시죠."

아무리 풍파 속에 있다고 하더라도 밥은 먹어야 한다는 것이 화수의 철칙이다.

＊　　＊　　＊

조사 3일 차, 화수는 늦은 밤을 이용해 공형진 박사를 만날 수 있었다.

그는 경찰에 화수가 어떤 진술을 했고 어떻게 대처했는지 물었다.

"박사님께서 시키신 대로 했습니다."

"잘했습니다. 괜히 어설프게 거짓말을 했다가 발각되는 것보단 차라리 사실대로 말하는 것이 낫습니다."

공형진은 지금 조사의 진척도에 대해 설명했다.

"현재 지수자원에서 나온 자동차들을 분해해서 조립하고 있습니다. 물론 아직까지 별다른 이상은 발견되지 않았습니다."

"다행이군요."

"이제 부품들의 강도와 품질 테스트를 통해 결함이 없다는 것을 증명할 겁니다. 하지만 문제는 폭발한 자동차입니다."

"흐음……."

"자동차를 폐차시키고 환자가 전치 6주가 나올 정도의 심각한 사고가 났기 때문에 원초적인 책임은 당신에게 있는 셈이지요."

"만약 그 자동차 사고가 저의 책임이 아니라면요?"

"무죄가 되셨죠. 하지만 그것을 증명하기가 어디 쉽겠습니까?"

"증명만 할 수 있다면?"

"당신의 완벽한 승리로 끝나겠지요."

"그렇단 말이지요?"

공형진은 고개를 가로젓는다.

"하지만 그건 아마 불가능할 겁니다. 지금 완파된 차량은 어디로 갔는지 알 수가 없거든요. 이미 폐차가 진행되고 있다고 들었습니다."

"일단 죽이 되든 밥이 되든 부딪쳐 봐야 알 일입니다."

조금은 회의적인 입장이지만 그래도 공형진 역시 화수가 움직이는 것을 추천한다.

"어차피 이판사판입니다. 최선을 다하십시오. 저도 최선을 다할 테니."

"예, 알겠습니다."

화수는 사고가 났던 현장으로 향했다.

* * *

마나로 재생시킨 부품들은 마나에 반응하게 되어 있다.

지금은 철에 붙어 있다고는 해도 부품의 마모된 부분은 분명 마나로 이뤄져 있다.

그렇기 때문에 자석과 자석이 반응하듯이 마나로 만든 부품도 마나에 반응했다.

사고 현장은 청주와 천안을 잇는 고속도로 인근이라고 했다.

화수는 차를 몰고 청주에서 천안으로 향하는 고속도로에 진입했다.

그는 차문을 열고 마나를 조금씩 흘러보냈다.

스스스스스.

일반인의 눈에는 보이지 않는 파란색 아지랑이가 바람을 타고 흩날리며 지면을 스친다.

"이 부근이라고 한 것 같은데……."

휴게소에서 그리 멀지 않은 곳이라는 말을 언뜻 들은 화수는 서서히 속도를 줄여보았다.

너무 빨리 달리면 마나의 공명을 감지할 수 없을 것 같았던 것이다.

점점 더 진하게 마나를 흘려보내던 바로 그때였다.

두근!

"여기다!"

화수는 재빨리 갓길로 차를 세웠다.

마나의 공명이 느껴진 곳에는 사고 차량에서 튕겨져 나온 베어링이 놓여 있다.

빠앙!

주변의 차량들이 화수에게 경적을 울려댄다.

그는 차를 차선 안으로 집어넣은 후 100미터 전방에 경고 푯말을 세웠다.

[위험]

이렇게 해놓으면 알아서 그를 피해 돌아갈 것이다.

화수는 이제 아주 편안하게 단전의 마나를 봉인 해제시켰다.

츠츠츠츠츠츠!

이제는 일반인이 자세히 쳐다보면 보일 정도로 짙은 파란색의 아지랑이가 도로를 따라 흐른다.

이 정도의 양이면 마법을 시전하고도 남을 정도의 규모이다.

광범위하게 마나를 도포하고 나니 곧바로 신호가 온다.

두근근근!

화수는 이곳에 두 개의 부품이 떨어져 굴러다니고 있음을
알 수 있었다.

"빙고."

단순하게 생긴 톱니바퀴 두 개를 크게 신경 쓰는 사람은 아
마 없을 것이다.

차량을 수습하는 도중에 빼먹고 그냥 간 모양이다.

화수는 그 부품을 잘 갈무리한 후 대전 인근의 폐차장으로
향했다.

*　　　*　　　*

대전에는 대략 열 곳의 폐차장이 있다.

화수는 이들 폐차장을 돌면서 자신이 판매한 차량이 입고
되었는지를 물었다.

"아우X에서 출시된 A6를 찾고 있습니다. 얼마 전에 폐차
되었다고 하던데요."

폐차장 주인은 고개를 가로젓는다.

"여기서 폐차된 차량이 어디 한둘이겠습니까? 그렇게 말해
선 도저히 알 수가 없지요."

어쩐지 비협조적인 그의 태도에 화수는 직접 폐차장을 둘
러보기로 했다.

그런 화수에게 그는 대수롭지 않게 한마디 툭 던진다.

"참고로 말해주자면, 그런 물건은 여기서 못 찾아요."

"어째서 그렇습니까?"

"우리는 그렇게 비싼 차량은 잘 안 받아요. 중고품을 떼어서 파는 과정은 너무 손이 많이 가서 그냥 고철만 매입하거든요."

화수는 무릎을 쳤다.

"아하, 그렇군요!"

"아마 그런 차를 찾으려면 부품까지 취급하는 곳을 찾는 것이 좋을 겁니다. 어쩌면 고물상에서 가지고 갔을 수도 있고."

어쩐지 실마리를 잡은 듯하다.

"감사합니다."

화수는 그에게 담배 한 보루를 건넨 후 PC방으로 향했다.


인근 PC방을 찾은 화수는 담배 연기가 자욱한 곳에 자리를 잡았다.

"…스마트폰부터 사야겠군."

가진 돈이 없어서 자신은 스마트 기기와 인연이 없다고 생각하던 화수지만 막상 없으니 불편했다.

그는 묵묵히 인터넷으로 외제차 부품을 취급하는 폐차장을 검색했다.

전체적으로 차량의 부품을 취급하는 곳이 네 곳, 그중에 외제차 전문은 한 군데다.

화수는 곧바로 전화를 돌렸다.

―폐차장입니다.

"말씀 좀 묻겠습니다. 혹시 아우X A6 부품을 좀 구할 수 있습니까?"

―몇 연식이요?

"06 연식입니다."

―으음, 없네요. 다음에 다시 연락주시죠. 오늘은 A6 부품 자체가 없네요.

"예, 알겠습니다."

며칠 사이에 부품을 팔아먹었을 리는 만무하고, 아마도 차를 가지고 간 사람은 이 사람이 아닌 모양이다.

그는 다음 업체로 전화를 걸었다.

"A6 부품 좀 구매할 수 있습니까?"

―A6요? 몇 연식이요?

"06 연식입니다."

―그러니까, 07년 형을 말씀하시는 것이죠?

"네, 맞습니다."

엔진이 바뀌는 연식과 연형은 차량의 가격을 나누는 중요한 지표가 된다.

잠시 후, 그는 시원스럽게 답한다.

―있네요. 며칠 전에 들어온 차가 있긴 있어요. 어떤 부품

이 필요하신데요?

화수는 속으로 무릎을 친다.

"몇 가지 필요한 것이 있습니다. 제가 직접 가서 말씀드리겠습니다."

―네, 그러세요.

그는 곧장 대전 하기동에 위치한 폐차장으로 향했다.

*　　*　　*

한창 연구가 진행 중인 공형진의 개인 연구실. 이곳에 그의 후배인 김영찬이 들어선다.

똑똑.

"선배, 뭐하세요?"

"아, 자네 왔어?"

평소 친분이 두터운 두 사람은 자주 술자리를 갖곤 했다.

더군다나 김영찬은 1년 후배라서 공형진의 동기들과도 아주 가깝게 지내는 편이다.

"마실 것 좀 줄까?"

"좋지요."

공형진은 자신을 직접 찾아온 후배에게 과일주스를 대접했다.

커다란 잔에 가득 채운 주스를 받은 김영찬은 요즘 공형진이 진행하고 있는 프로젝트에 대해 물었다.

"일은 잘돼가세요? 듣자 하니 어떤 조사에 고문을 맡았다고 하던데."

공형진은 고개를 갸웃거렸다.

"그걸 자네가 어떻게 알아?"

"하하, 제가 선배에 대해 모르는 것이 어디 있습니까?"

"…너무 그러지 말게. 그러면 내가 너무 징그럽잖나?"

"그만큼 선배를 좋아한다는 소리지요."

김영찬은 농담으로 프로젝트에 대해 물어본 것이 아닌 모양이다.

"진척은 어때요? 조만간 무죄 입증이 될 것 같습니까?"

공형진은 일부러 조금 애매하게 답했다.

"글쎄, 그거야 두고 봐야 알지."

"그래요? 선배가 조사를 한다면 무죄가 되었든 유죄가 되었든 조만간 결과가 나오겠지요?"

이렇게 뜬금없이 남의 일에 참견할 김영찬이 아니다.

더군다나 자신은 아예 연관도 되지 않은 일에 일부러 감 놔라 대추 놔라 할 위인은 절대로 아니다.

공형진은 조금 더 애매하게 대답을 돌렸다.

"야매로 만든 차니까 아마도 불가 판정이 나올 확률이 높겠지? 공학이라는 것이 그리 쉬운 분야가 아니잖아?"

"하하, 하긴 그렇지요."

김영찬은 남은 주스를 다 마시곤 자리에서 일어섰다.

"지나가는 길에 잠깐 들른 건데 선배 시간을 너무 많이 빼앗은 것 같네요."

"그렇게 내외하지 않아도 괜찮잖아?"

"후후, 내외는요. 그냥 선배가 걱정되어서 하는 소리죠. 요즘 선배가 준비하는 프로젝트만 해도 머리가 아플 텐데 말입니다."

"신경 써줘서 고마워. 나중에 내가 술 한잔 살게."

"좋지요."

김영찬은 그대로 문을 열고 나가 버렸고, 그는 이번 조사단을 꾸리게 된 팀장 정진묵에게 전화를 걸었다.

정진묵은 공형진과는 고등학교 때부터 동창으로 상당한 친분을 가지고 있다.

게다가 김영찬과도 대학 동문이라서 그와도 꽤 친분이 두터웠다.

그러니 당연히 김영찬이 질문을 했다면 사실대로 답해주었을 것이다.

—여보세요?

"자네 바쁜가?"

—아니, 그렇지는 않은데, 왜?

"뭐 하나만 물어볼게."

—그러게. 뭔데?

"자네 혹시 영찬이에게 이번 프로젝트에 대해 말했나?"

정진묵은 고개를 가로젓는다.

—아니. 그런 적 없는데?

"그래?"

이번엔 정진묵이 조금 굳은 목소리로 묻는다.

—갑자기 영찬이 얘기는 왜 나오나? 혹시 그 애가 이 사건에 대해 알아?

"알고 있더군."

—그럴 리가 있나? 이건 관계자 외에는 알 수가 없는 사안인데.

"그렇지?"

그는 정진묵에게 이 일에 대해 함구를 부탁했다.

"만약 영찬이가 이번 일에 대해 물어도 그냥 모른 척해주게. 뒷일은 내가 알아서 하겠네."

—알겠어. 자네가 그렇다면야 믿고 맡길게.

전화를 끊은 그는 화수에게 곧바로 통화를 시도했다.

"지금 어디입니까?"

—폐차장에 와 있습니다. 아무래도 이번 사건에 대한 실마리를 잡은 것 같습니다.

"듣던 중 반가운 얘기군요. 사실은 나도 그렇습니다."

—조사 결과가 나왔습니까?

"조사 결과는 당연히 긍정적으로 나올 겁니다. 제 말은 배후에 누가 있는지 알 수 있을 것 같다는 소리입니다."

화수는 반색하며 묻는다.

―누구입니까?!

"아직은 알 수가 없어요. 실루엣만 잡은 셈이니까요. 조금만 기다리면 내가 단서를 제공하겠습니다."

―알겠습니다.

전화를 끊은 그는 계속해서 연구를 진행한다.

*          *          *

화수의 앞에 놓인 자동차는 분명 그가 판 것이 맞았다.

하지만 이상한 점은 엔진 자체가 그의 작품이 아니라는 것이다.

"이게 정말 며칠 전에 청주와 천안 간 고속도로에서 사고가 난 차가 맞는다는 거죠?"

"그렇습니다. 서류를 보여드려요?"

폐차장 주인은 화수가 이 차를 400만 원이나 주고 산다는 소리에 혹해서 빠릿빠릿하게 움직이고 있었다.

"보면 아시겠지만, 어디서 사고가 났고 왜 폐차를 시키는지에 대한 서류입니다. 우리가 직접 렉카로 이곳까지 가지고 오느라 작성한 것이지요."

이것이야말로 엄청나게 중요한 단서가 될 것이다.

고속도로에 있던 사고 차량을 이곳까지 가지고 온 렉카 영수증과 경위서를 적어놓은 것이다.

이것으로 인해 이 차가 사고가 난 차량이 맞고, 엔진은 다른 차량의 것이라는 것을 증명할 수 있었다.

화수는 그에게 직접 현금을 보여주며 물었다.

"만 원짜리 400장입니다. 맞지요?"

"하하, 맞네요! 감사합니다!"

화수는 그에게 돈을 건네기 전에 몇 가지 질문을 더 했다.

"이곳에 차가 올 때 차주는 어떻게 되었습니까?"

"병원으로 이송되었지요."

"그럼 그때 차량을 이곳까지 끌고 온 비용은 누가 충당한 겁니까?"

"폐차 비용에서 제외하고 지급하기로 했습니다."

"계좌이체로요?"

"그렇죠."

"혹시 그 사람의 신상 정보를 좀 알 수 있습니까?"

"이름하고 전화번호요?"

"예, 계좌번호도 좋고요."

"그건……."

그는 차주에 대한 신상 정보를 말해주는 것을 망설였지만 화수가 건넨 돈에 결국 정보를 모두 넘겨주었다.

"자, 여기 있습니다. 이제 다 되었지요?"

"예, 감사합니다."

마지막으로 화수는 그에게 자신의 얘기는 절대로 함구할 것을 강조했다.

"절대로 제 얘기는 누구에게도 해서는 안 됩니다. 아시겠지요?"

"알겠습니다. 그건 걱정하지 마십시오."

돈이라면 무엇이든 다 할 것 같은 그이기에 그다지 신뢰는 가지 않았다.

하지만 화수는 자신이 지급한 돈 때문에라도 입을 닫기만을 바랄 뿐이다.

*　　　*　　　*

고물상으로 돌아온 화수는 사고가 난 A6를 분해해서 엔진의 고유 넘버와 차대번호를 손에 넣었다.

차량은 고유의 차대번호라는 것이 존재한다.

아무리 차량으로 사기를 치려고 해도 차량에 있는 차대번호 때문에 발목을 붙잡히기 십상이다.

또한 엔진 역시 차량을 검사할 때 검사필증에 고유번호를 기입하도록 되어 있다.

만약 이것이 등록증과 다르다면 엔진을 갈았거나 도난 차량일 가능성이 높았다.

대포차(미등록차량)가 아니라면 그 어떤 차량이라도 차대번호가 붙어 있다.

가끔 차량의 차대번호를 세탁해서 시중에 나오는 경우가 있는데, 아무리 공장에서 철저하게 작업을 한다고 해도 차대번호의 기록은 어딘가에 남아 있게 마련이다.

화수는 차대번호를 손에 넣곤 강한성에게 전화를 걸었다.

"강화수입니다."

―소식 들었습니다. 지금 난리가 났다면서요? 어떻게 된 겁니까?

그는 지금 자신이 처한 상황에 대해 설명했다.

그러자 강한성은 낮게 신음한다.

―으음, 일이 좀 복잡하게 되었군요.

"그래서 말인데, 혹시 차대번호를 좀 조회할 수 있는 방법이 없겠습니까?"

―차대번호를요?

"지금 사고가 난 차량을 뜯어보았는데, 제가 판 차가 아니었습니다. 엔진 번호도 다르고요."

―차대번호가 다르다?

"아마도 제가 판 부품을 부착하고 나머지는 어디서 따로 가지고 와서 조립한 모양입니다. 엔진도 드러내고요."

―오호라, 일이 잘 풀리겠군요!

"방법이 있겠습니까?"

─방법은 많습니다. 경찰을 통한 방법도 있고 동사무소를 통한 방법도 있지요. 하지만 기간이 조금 걸릴 겁니다.

그는 도난 차량 조회에 대한 방법을 조언해 주었다.

─만약 이 일을 아무도 모르게 처리하고 싶다면 말소등록을 진행하시는 것이 가장 빠릅니다. 수출을 위해 말소등록을 할 때 대부분의 압류, 저당, 도난 등의 유무가 나오거든요.

"대전의 차량등록사업소에 말소등록을 신청하면 되겠군요."

─지금 당장 자동차를 가지고 가서 말소등록을 하십시오. 그럼 아마 차에 대한 모든 것이 나올 겁니다.

"알겠습니다. 지금 당장 조회를 해보겠습니다."

─건승을 빕니다.

화수는 대전 차량등록사업소로 향했다.


*        *        *


차량등록 마감 30분 전임에도 불구하고 차량등록사업소는 사람들로 붐비고 있었다.

다행히도 영업이 끝나기 직전에 자리를 잡은 화수는 차량 말소등록을 신청했다.

"수출용입니다. 말소를 해주십시오."

"양식은 준비하셨지요?"

"네, 그렇습니다. 조회 좀 부탁드립니다."

그녀는 화수에게서 각종 서류를 받아 차량에 문제가 있는지 조회한다.

그러다 그녀가 고개를 갸웃거린다.

"차대번호가 이게 확실해요?"

"네, 그렇습니다."

"차대번호가 달라요. 게다가 지금 가지고 오신 차대번호는 도난 차량의 차대번호인데요? 뭔가 좀 이상하지 않나요?"

화수의 얼굴에 화색이 돈다.

"확실해요?"

"확실합니다. 이 차는 2년 전에 도난 신고로 이상 차 등록이 되었어요. 수출하기엔 부적합하네요. 일단 경찰서 먼저 가시는 것이 좋겠어요."

차량등록증 원부와 차대번호가 다르다는 것, 그리고 차대번호에 도난 신고가 걸려 있다는 것이 증명된 셈이다.

"전 차주가 꼼꼼한 사람이니 주인을 금방 찾을 수 있겠네요."

차량이 도난당했다고 차대번호로 신고하는 사람은 그리 많지가 않다.

아마도 화수는 천운을 타고난 모양이다.

'사람이 아주 죽으라는 법은 없군.'

그는 곧장 사업소를 나섰다.

*　　　　*　　　　*


　　울산의 중부경찰서. 강한성이 도난 신고를 하기 위해 찾아
왔다.

　　화수는 현재 영업 정지 상태에 있기 때문에 그가 대신 신고
를 하러 온 것이다.

　　차대번호를 조회해 본 경찰은 심각한 표정으로 묻는다.

　　"선생님께선 이 차를 어디서 구매하셨지요?"

　　"대전에 있는 한 폐차장에서 구매했습니다. 교통사고가 나
서 더 이상 운행이 불가능하다고요."

　　"그래서 차량등록소에 갔더니 말소가 안 된다고 했다?"

　　"네, 맞습니다."

　　경찰은 폐차장 주인의 전화번호를 묻는다.

　　"조사가 필요합니다. 명함이 있으면 좀 주십시오."

　　"네, 여기 있습니다."

　　명함에 나와 있는 번호로 전화를 건 경찰은 그에게 사실을
추궁하기 시작했다.

　　"울산 중부서 교통계 임형철 경장입니다. 이민우 씨 되시
죠?"

　　사건에 경위를 설명하고 처벌받을 수도 있다고 말하자 그
는 모든 것을 사실대로 말하기 시작했다.

─그냥… 사고가 났다고 해서 가지고 왔을 뿐입니다. 그리고 돈을 더 준다고 하기에 팔았고요.

"그렇다면 사고를 낸 사람은 어디로 갔습니까?"

─그거야 저도 잘 모르지요.

경찰은 한숨을 푹 내쉰다.

"후우, 좋습니다. 일단 전화를 끊겠습니다."

이윽고 경찰이 본격적으로 움직이기 시작한다.

"협조 감사합니다. 수사를 시작하겠습니다."

"잘 좀 부탁합니다. 적은 돈이 아니라서 말입니다."

"걱정하지 마십시오."

경찰서에서 나온 강한성이 화수에게 전화를 건다.

"됐습니다. 이제 놈만 찾으면 됩니다."

─고맙습니다. 이 은혜는 잊지 않겠습니다.

"후후, 뭘요."

그는 가벼운 발걸음으로 돌아간다.

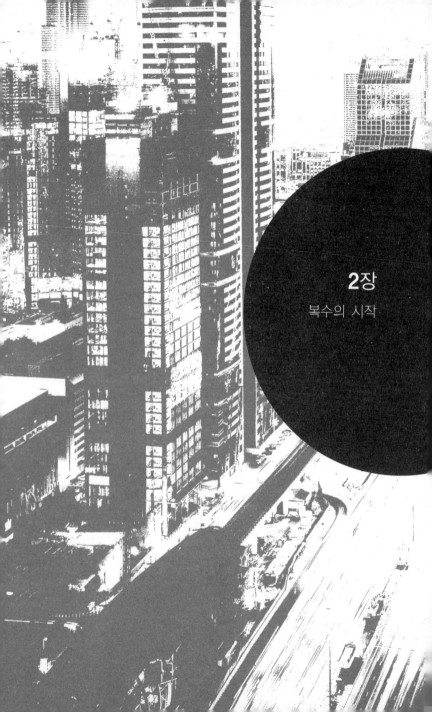

**2장**

복수의 시작

　사고를 낸 차주로 등록된 양윤성은 현재 계속해서 전화를 받지 않고 있었다.

　이렇게 되면 그의 위치를 파악하기가 조금 어려운 실정이 되고 만다.

　결국 화수는 그가 대전의 한 병원으로 옮겨졌다는 것으로 단서를 삼았다.

　그리고 그는 대전에서 보험 처리가 가장 용이하다는 병원에 전화를 걸었다.

　보험 처리가 용이하다는 것은 병원의 시설이 좋다는 소리가 아니다.

이곳은 진단 자체를 환자에게 유리하게 써준다는 소리다.

한마디로 전치 2주의 환자를 입원시켜 놓고 그가 원하는 만큼 입원시키고 돈을 더 받는 것이다.

양윤성은 분명 돈 때문에 이 사고를 일으켰을 테니 자신에게 유리한 쪽으로 진단하는 병원으로 입원했을 것이다.

화수는 대전에 위치한 대진병원에 전화를 걸었다.

─네, 대진병원입니다.

"혹시 거기에 양윤성이라는 환자 있습니까?"

─양윤성 씨요? 무슨 일이신데요?

"합의금 때문에 전화했습니다. 잠시 얼굴을 좀 볼 수 있을까 해서요."

─잠시만 기다리세요.

그녀는 어딘가로 전화를 돌리더니 이내 병실을 알려준다.

─4층에 있는 406호실로 가시면 됩니다.

"네, 알겠습니다."

양윤성에 대한 기록은 화수의 사무실에도 남아 있었다.

차량을 판매하게 되면 주민등록등본을 비롯한 각종 서류와 운전면허증 사본이 필요하다.

그 기록은 당연히 폐기가 되어야 했지만, 그동안 상당히 바쁜 관계로 미처 폐기를 하지 못한 것이다.

모든 것이 화수에게 유리하게 돌아가고 있었다.

화수는 그의 얼굴이 나와 있는 운전면허증 사본을 들고

406호를 찾았다.

"하하하하하!"

병실에 들어서기 전부터 한 사내의 호탕한 웃음소리가 들려온다.

빠끔히 고개를 옆으로 들이밀어 안을 들여다보니 양윤성이 만화책을 들고 낄낄거리고 있다.

'누구는 죽을 똥을 싸고 있는데 태연히 누워 책을 읽고 있군.'

이윽고 양윤성이 시계를 바라본다.

"그나저나 이 새낀 온다는 거야, 만다는 거야? 합의를 본다는 놈이 20분이나 늦잖아?"

아마도 그는 방금 전 화수의 전화를 받고 합의를 기다리고 있는 모양이었다.

화수는 실소를 흘렸다.

'멍청한 놈이군. 아직 조사도 안 끝났는데 도대체 무슨 합의를 한다는 거야?'

그는 사진기로 양윤성의 얼굴을 촬영했다.

찰칵!

멀리서 셔터 소리가 들리지 않도록 촬영한 것이라 아마 그는 모를 것이다.

이윽고 화수는 이것을 파일로 만들어 경찰에 제보할 차비를 서둘렀다.

＊　　　＊　　　＊

울산 중부경찰서에 접수된 사건은 대전 동부경찰서까지 전해졌다.

사건을 담당한 이성진 경사는 고개를 갸웃거린다.

"지금 뭐라고 했어? 뭐가 어떻게 돼?"

"사고가 났던 차량의 차대번호가 다르답니다. 엔진의 고유번호도 다르고요. 뭔가 좀 이상합니다."

이성진 경사는 사건의 조작 가능성을 재기한다.

"차대번호가 다르다는 것은 아예 차체를 다른 것으로 썼거나 일부분을 바꾼 거야. 더군다나 그에 맞춰서 엔진도 바꾸었겠지."

"그렇다면……."

"조작이다. 이건 100% 조작이야. 놈들은 일부분을 교체한 차체에 고장 난 엔진을 얹은 거야."

"그럼 어떻게 해야 합니까?"

"어떻게 하긴, 조사를 처음부터 다시 해야지."

그는 자신의 파트너에게 교통안전부 조사팀장과의 연락을 지시했다.

"지금 정진묵 팀장님과 연락 가능하지?"

"물론입니다."

"당장 그분께 수사 협조 요청해. 한시가 급하다."

"예, 알겠습니다."

이윽고 또 한 명의 순경이 그에게로 달려온다.

"선배님!"

"무슨 일이야?"

"누군가 이런 영상을 보내왔습니다."

영상 속에는 이번 사건의 피해자로 알려져 있는 양윤성의 모습이 찍혀 있다.

"어디래?"

"대전 대진병원이랍니다. 꽤나 멀쩡한 것 같은데요?"

"좋아, 이 사람의 신병도 확보한다."

"예, 알겠습니다."

동부경찰서 강력계와 교통계가 바쁘게 움직이기 시작했다.

*     *     *

사건의 초점이 화수에게 맞추어져 있기 때문에 양윤성의 존재는 다소 중요하게 다뤄지지 않았다.

하지만 이젠 얘기가 다르다.

사건이 조작되었다는 의문이 재기되면서 양윤성 역시 중요 인물로 떠오른 것이다.

사건이 한창 진행 중에 있던 그때, 카이스트에서 연구 결과가 나왔다.

공형진은 이 결과를 조사팀장인 정진묵에게 전달했다.

그는 결과물을 살펴보곤 곧바로 파일을 덮는다.

"사건 종결이야."

"이대로 끝이 나는 건가?"

"당연하지. 이건 조작이야. 자네의 조사가 차량에 결함은 없다고 증명을 했고, 또한 지금 경찰에서 사건 차량의 차대번호가 등록증과 다르다는 것을 잡아냈어."

"차대번호가 바뀌어 있었다?"

"누군가 악의적으로 차체와 엔진을 바꾸어 사고를 낸 거지. 아마도 그대로는 사고를 내기 힘들어서 차량의 몇 가지 부품을 바꾼 것 같아."

공형진이 슬그머니 미소를 짓는다.

"잘되었군."

"불법 개조가 아닌 제대로 된 정비를 통해 차량을 팔았다는 것이 증명된 셈이니 강화수 씨의 영업 정지는 조만간 풀릴 거야."

1차적으로 자신의 할 일을 끝낸 공형진은 이제 다른 일을 처리하기로 했다.

"그나저나 영찬이 문제는 어떻게 할 건가?"

정진묵은 깊은 한숨을 내쉰다.

"후우! 그러게 말이야. 녀석이 도대체 무슨 생각을 가지고 그런 일을 한 걸까?"

그가 무슨 저의를 가지고 이번 사건을 파헤치려 하는지 알 도리는 없다.

그러나 공형진은 그가 이번 사건과 관련이 있다고 느꼈다.

"일단 사건이 종결된 것은 나 역시 비밀로 할 테니 자네가 조용히 처리해 주게."

"알겠네. 지금 당장 보고서를 올리고 조용히 팀을 철수시키도록 하지. 영업에 더 이상 피해를 주지 않겠다는 이유를 대면서 말이야."

"수고하게."

공형진은 김영찬의 연구실로 향했다.

\* \* \*

김영찬이 연구팀을 꾸리고 있는 전민동의 한 연구실. 그에게 한 40대 여자가 찾아왔다.

육감적인 몸매에 꽤나 잘 가꾸어진 얼굴까지 누구나 한 번쯤 감탄하며 처다볼 정도의 미인이다.

다만 그 얼굴에 인조미가 넘친다는 것이 흠이라면 흠이었다.

그녀는 아까부터 김영찬에게 윽박을 지르고 있다.

"…도대체 일을 처리하고 싶긴 한 겁니까?! 이제 우리는 어떻게 해요?!"

"조사팀을 꾸리기까지 내가 뒤에서 공작을 얼마나 한 줄 알아요? 이 정도면 나도 최선을 다한 겁니다."

"경찰이 움직이는데 지금 그걸 말이라고 해요?!"

"아직 분석 결과가 나오지 않았으니 기다려 봐요. 최소한 영업 정지는 당할 수 있을 테니."

"놈이 영업 정지를 당한다고 해도 난 자금줄에 엄청난 타격을 받는다고요!"

김영찬은 연신 자신에게 짜증을 쏟아내는 그녀에게 낮게 깔린 목소리로 말했다.

"…이봐요, 내가 아무리 연구비가 궁해서 당신을 조금 도와주었다고 해도 중요한 것을 잊으면 안 되죠. 나는 교통안전부에 연줄이 많습니다. 내가 마음만 먹으면 당신쯤은 골로 보낼 수 있다는 것을 명심하십시오."

그녀가 이를 악문다.

"지금 나를 협박하는 건가요?!"

"말이 그렇다는 겁니다. 그러니 이렇게 자꾸 나를 궁지로 몰아넣지 마십시오. 지렁이도 밟으면 꿈틀하는 법인데, 그렇게 몰아세우면 나더러 도대체 뭘 어쩌라는 겁니까?"

"…그러니까 방법을 좀 강구해 보라고 했잖아요."

계속해서 언성이 높아지던 둘 사이가 잠시 소강상태를 보인다.

"아무튼 너무 걱정하지 마십시오. 잘 처리될 겁니다."

"당신만 믿겠어요. 알죠, 내가 당신을 믿는다는 것을?"

그는 무심하게 고개를 끄덕인다.

"알겠습니다. 그러니 이제 그만 가보십시오. 누가 보면 불륜이라도 저지르는 줄 알겠습니다."

"쳇, 무뚝뚝하긴."

이윽고 그녀는 자리에서 일어섰고, 농염한 눈초리로 그를 노려본다.

"…언젠간 우리의 관계가 발전할 수 있는 날이 올까요?"

"그럴 일 없습니다. 그러니 조용히 돌아가요."

"하여간, 로맨스라곤 아예 찾아볼 수가 없는 사람이라니까."

"그건 로맨스가 아니라 불륜입니다. 그러니 당장 돌아가요."

"알겠어요. 그러니 너무 재촉하지 좀 말아요."

그녀가 문을 열고 밖으로 나서려는 바로 그때였다.

철컥.

밖으로 나가려던 그녀와 공형진이 그대로 마주쳤다.

"어이쿠, 손님이 계셨군."

"서, 선배……!"

그는 알 수 없는 미소를 짓는다.

"누구?"

"그, 그건……."

"그만 가볼게요. 그럼 이만……."

그녀는 재빨리 문을 닫고 밖으로 나가 버렸고, 공형진은 멋쩍음에 두 손을 위로 번쩍 들었다.

"어, 뭐야? 뭘 저렇게 급하게 나가? 무슨 일 있었어?"

김영찬이 어색한 미소를 짓는다.

"일은요, 무슨. 별일 아닙니다. 내가 아는 보험아줌만데, 보험을 해지한다고 했더니 끝까지 질척거리는 겁니다. 신경 쓰지 마세요."

공형진은 연신 고개를 갸웃거린다.

"보험 파는 아줌마라고 하기엔… 너무 섹시한데? 완전 미시잖아?"

"관심 끄시죠. 별로 가까이하면 안 좋은 여자입니다."

"하하, 그럴 일 없어. 자네와 내가 한 여자를 두고 공유할 수는 없는 노릇 아닌가? 아무리 그래도 그렇지 선후배끼리 겸상은 좀 아니지."

김영찬은 공형진의 직설적인 음담패설에 헛기침을 해댄다.

"험험! 선배는 무슨 그런 말씀을 다 하십니까?"

"뭐 어때? 자네와 나 사이에."

이내 다시 본래의 미소를 되찾은 김영찬이 공형진에게 음

료수를 건네며 묻는다.

"그나저나 이곳까진 어쩐 일이십니까?"

"그냥 지나가는 길에 한번 들러봤네. 어떻게 지내나 싶어서 말이야."

"저야 뭐 항상 그렇지요."

공형진이 그에게 아주 조심스럽게 물었다.

"요즘 자금 사정은 좀 어때? 괜찮아?"

그는 씁쓸하게 웃는다.

"그나마 조금 살 만합니다. 지속적으로 돈을 대주는 스폰서가 생겼거든요."

"그래? 그것참 다행이군. 안 그래도 항상 그것이 걱정이었는데 말이야."

"언제까지 선배들에게 손이나 벌리면서 살 수는 없는 노릇 아닙니까? 저도 이제 독립을 해야지요."

"하하, 그래, 잘 생각했어."

자리에 잠시 앉았던 공형진이 일어선다.

"벌써 일어나십니까?"

"이젠 나도 집에 좀 들어가 봐야지. 어머니께서 가장이 집에도 안 들어온다고 난리도 아니셔."

"하하, 그렇군요. 어머님께 조만간 칼국수 얻어먹으러 간다고 전해주십시오."

"안 그래도 어머니께서 자네 얘기를 자주 하셔. 나이가 드

서서 그런지 요즘 들어 부쩍 내 친구들 얘기를 자주 하시네."

"시간 내서 꼭 가겠습니다."

"그래, 알겠네."

이윽고 공형진이 연구실을 나섰고, 그는 의자에 털썩 주저앉는다.

"후우, 힘들군."

그의 입에서 깊은 한숨이 쏟아져 나온다.


*         *         *


주소지는 대전 둔산동으로 되어 있지만 사실 공형진은 판암동에 있는 본가에 머무는 날이 더 많다.

초등학교 교감으로 발령받아 공주로 전근 간 아내 때문에 아이들이 모두 본가에 있기 때문이다.

이제 막 고등학교에 들어간 아들과 수능을 준비하는 딸이 엄마 없이 지내는 것이 안쓰러워 본가에 신세를 지고 있는 것이다.

젊어서는 자식농사 짓느라 허리가 휘고 이제는 손자들 뒷바라지에 힘들 법도 하건만 그의 어머니는 아무렇지 않게 그를 맞이한다.

"어머니, 저 왔습니다."

"아범 왔구나."

어머니는 그가 오자마자 밥솥을 내민다.

"지금 당장 이거 가지고 가서 고쳐오너라."

"지금요?"

"아이들 올 시간 다 됐어. 그러니 빨리 고쳐 와라."

"저기 압력밥솥 있는데요?"

"작은 놈이 고두밥을 좋아해서 저걸론 안 돼. 그러니까 어서 다녀와."

공형진은 실소를 흘린다.

"그냥 제가 고칠게요. 이래 봬도 기계 좀 만진 놈이잖아요."

"쓰읍! 어서 다녀오지 못할까?"

나이를 먹었으나 아들은 어디까지나 아들이다.

그는 어쩔 수 없이 밥통을 챙겨 화수가 운영하는 고물상으로 향했다.

당장은 영업 정지를 당해서 일을 할 수 없는 상태이지만 어쩔 수 없었다.

쿵쿵쿵!

"계십니까?"

다소 늦은 시각임에도 불구하고 화수는 뭔가를 만들고 있었던 모양이다.

장갑에 용접용 앞치마까지 두르고 있었다.

"어? 교수님께서 이 시간엔 어쩐 일이십니까? 사건에 대한 얘기라면 전화로 하셔도 될 텐데 말입니다."

그는 고개를 가로젓는다.

"어쩔 수 없이 왔습니다. 어머니 고집이 워낙에 세서 말이지요."

그는 쓸쓸하게 웃으며 밥통을 건넨다.

"이 저녁에 밥통을 고쳐오라니, 참으로 완강한 분 아닙니까?"

화수는 밥통을 바라보며 너털웃음을 지었다.

"하하, 이러다간 집안에 있는 살림살이는 제가 다 고칠 판입니다."

"그러게 말입니다."

그는 공형진을 안으로 들였다.

"일단 들어오시죠. 모기가 많습니다."

"감사합니다."

사무실 안으로 들어선 화수는 곧바로 밥통을 분해해서 수리에 들어갔다.

"가열로 쪽에 문제가 생겼네요. 마침 비슷한 모델이 있으니 교체해 드리겠습니다."

"그렇게 하시지요."

밥통을 수리하는 화수에게 공형진은 오늘 있었던 일에 대해 말했다.

"사실은 이번 사건에 제 후배 하나가 가담한 것 같습니다."

"후배요? 고향 후배 말입니까?"

"우리 어머니께서도 잘 아는 녀석이지요. 저의 대학 동기들과도 친하고요."

"으음, 깊이 연루되었습니까?"

"아직 자세한 것은 모르겠지만 꽤나 깊숙이 연관된 것 같습니다. 이번 조사팀 파견에 대해 미리 알고 있더군요. 그건 아직까지 기관 내 사람이 아니면 모르는 소식인데 말입니다."

"내부의 공모자라……. 어쩐지 일이 이렇게까지 쉽게 진행될 리가 없다고 생각하긴 했습니다."

공형진 역시 화수의 생각과 같았다.

"저 역시 그렇게 생각했습니다. 이렇게 자잘한 일이 어째서 장관 귀에까지 들어간 것인지 이해할 수 없었거든요. 아무리 지금 당국이 불법 개조 차와의 전쟁을 벌이고 있다고는 해도 전국적인 규모가 아니고선 장관에게까지 보고될 리가 없지요."

"공모자 정도가 아니라 협력 관계에 있는 누군가가 자득을 위해 벌인 일이겠군요."

"그래요. 이건 공모 정도가 아닙니다. 배후의 세력으로서 그에 합당한 노릇을 해준 셈이지요."

"그 배후 세력이 바로 박사님의 후배라는 말씀이십니까?"

공형진의 낯빛이 어두워진다.

"생각하기도 싫지만 그런 것 같습니다. 아까 그의 연구실을 찾아갔더니 웬 여자가 한 명 있더군요. 분위기로 봐선 사건의 주모자가 틀림없습니다."

"그럼 그녀를 조사해 봐야 하는 것 아니겠습니까?"

"하지만 얼굴만 가지고 그녀를 찾을 수 있겠습니까?"

화수는 고개를 가로저었다.

"이번 사건으로 이득을 볼 사람은 그렇게 많지가 않습니다. 동종 업계 먼저 찾아보도록 합시다."

화수의 제안에 공형진이 무릎을 친다.

"그렇군요! 그런 방법이 있었어요!"

"제가 수입차를 전문적으로 취급하는 딜러나 상사를 알아보겠습니다. 무엇이 얼마나 급했으면 저를 이렇게 궁지에 몰아넣었는지 밝혀내야지요."

"알겠습니다. 그럼 저는 제 후배가 어디까지 가담했는지 알아보지요."

이윽고 화수는 그에게 밥솥을 건넸다.

"다 되었습니다. 소모품 몇 개 갈았으니 앞으로 5년은 끄떡없을 겁니다."

"5년이요? 꽤 길군요. 그전에 다른 것으로 바꾸었으면 했습니다만……."

공형진은 쓸쓸하게 웃으며 고물상을 나섰다.

　　　　　*　　　　*　　　　*

　대전 대진병원.

　양윤성은 자신을 찾아온 형사들을 바라보며 연신 낮게 신음하고 있다.

　"아이고, 나 죽네."

　형사들이 그를 바라보며 아주 낮게 깔린 목소리로 묻는다.

　"병원에서는 치료가 필요 없는 상태라고 하던데, 많이 아픈가요?"

　"…아프다니까요."

　그를 가만히 바라보고 있던 이성진 경사가 순경을 부른다.

　"김 순경."

　"예."

　"지금 당장 보험사기조사팀으로 찾아가서 여기 사기로 의심되는 건이 있다고 전해."

　"예, 알겠습니다."

　순간, 양윤성이 자리에서 벌떡 일어섰다.

　"아, 아이고! 몸이 아주 가뿐하네!"

　"방금 전까진 아프다고 하지 않았습니까?"

　"그랬는데 지금은 괜찮습니다! 멀쩡해도 너무 멀쩡해서 탈입니다!"

　그제야 이성진의 표정이 조금 누그러지는 듯하다.

"앞으론 거짓말할 생각 하지 마십시오. 보험회사에겐 그런 공갈이 통할지 몰라도 저희에겐 어림도 없습니다. 그러니 괜히 유치장 가기 싫으면 사실 그대로 답하세요."

"네, 알겠습니다."

이성진은 본격적으로 그를 취조하기 시작했다.

"사고 일시가 언제라고 하셨죠?"

"3일 전 오후 3시였습니다."

"으음, 그러니까 5월 3일 3시 경에 사고가 났다는 말이지요?"

"예, 그렇습니다."

"사고의 경위는 어떻게 됩니까? 충돌입니까, 아니면 기계 결함으로 인한 사고입니까?"

"기계 결함으로 인한 엔진 정지입니다. 아니지. 엔진에서 스파크가 튀었으니 폭발이라고 해도 무방할 것 같네요."

"멀쩡한 차에서 폭발이 일어났다?"

"겉으로 보았을 땐 분명 멀쩡했습니다. 그런데 운행 도중에 갑자기 차에 이상이 생기더군요."

"한마디로 선생님께서 구매하신 차량에서 결함이 생겨난 것이군요? 맞습니까?"

"네, 맞습니다."

순간, 이성진 경사의 얼굴이 차갑게 굳었다.

"당신이 타던 차가 지수자원에서 구입한 차가 맞습니까?"

"네, 맞습니다."

"사고가 난 차도 그와 동일하고요?"

"네."

"확신할 수 있습니까?"

"물론입니다."

이성진은 두 장의 차량등록증을 가져다 보여주며 말했다.

"차량등록증엔 차대번호와 엔진 넘버가 나와 있지요. 그런데 지금 보면 선생님께서 타시던 차량의 차대번호가 다른 것으로 나옵니다. 어떻게 된 것이지요?"

"예?! 뭐가 다르다고요?"

화들짝 놀라는 그에게 이성진이 두 장의 차량등록증을 더 가까이 들이밀었다.

"차대번호가 다르다고요. 한국말 못 알아듣습니까?"

"아, 아니, 그게 아니고……."

"당신이 사고를 일으킨 날, 그러니까 5월 3일에 완파되어 자동차 폐차장으로 들어온 차량의 차대번호가 등록증과 다르다는 말입니다. 엔진 넘버 역시 그렇고요."

"그, 그럴 리가 없는데?!"

"차량등록사업소가 바보도 아니고, 차대번호가 다르면 등록을 해주겠습니까? 사고가 나기 전에 차체를 바꾸었다는 소리 아닙니까? 제 말이 틀립니까?"

그는 병석에서 내려와 이성진의 팔을 붙잡고 외쳤다.

"아, 아닙니다! 나 아니에요!"

"당신이 아니면 도대체 누가 그런 일을 벌였다는 겁니까?"

"그, 그건……."

순간, 이성진의 표정이 싸늘하게 가라앉았다.

"자, 지금부터 본격적인 질문에 들어갑니다. 여기서 당신이 어떻게 대답하느냐에 따라서 형량이 결정됩니다. 잘 아시겠죠?"

"꿀꺽."

대답 대신 양윤성의 마른침 넘어가는 소리가 들린다.

그는 양윤성이 대답을 하든 말든 상관없다는 듯이 질문을 이어갔다.

"혼자 했습니까?"

"지, 지금 저를 혼자 사고를 일으킨 미친놈으로 보는 겁니까?"

다급한 마음에 무작정 소리치고 보는 그에게 이성진은 미소로 답했다.

"네, 맞습니다. 그런 미친놈으로 보는 겁니다."

"뭐, 뭐요?!"

그리고는 그의 앞에 얼굴을 가까이 들이밀었다.

"…나는 범죄자 앞에 인정사정없어. 말을 해서 안 들으면 그냥 내 식으로 조지는 거야. 법? 법 좋지. 하지만 나는 법을 안 지키는 놈은 법대로 처리 안 해. 알아들어?"

이성진의 눈빛은 섬뜩할 정도로 날카로웠음으로 일반인이 그것을 감당하기는 어려워 보였다.

"네, 네……."

순한 양이 되어버린 그에게 이성진이 다시 물었다.

"두 번의 기회는 없습니다. 잘 기억하세요."

"네……."

"혼자 했습니까?"

양윤성은 자신에게 찾아온 선택의 기로에 서서 머리가 터지도록 고민하기 시작했다.

*     *     *

이른 아침, 화수는 월평동에 위치한 중고차 매매시장으로 향했다.

대전에는 크게 두 개의 중고차 매매시장이 있는데, 그중에서도 월평동이 가장 크다.

매매시장에 들어선 화수는 자신이 작성한 리스트를 바라보았다.

"많기도 하군."

이곳에서 일하는 여성 딜러는 총 15명.

모두 중고 외제차와 국산 고급차를 전문으로 취급하고 있는 사람들이다.

사진과 실물이 다른 경우도 있고 인터넷으론 진위 여부를 가리기 힘들어 화수는 직접 이곳으로 온 것이다.

공형진이 직접 이곳으로 오면 좋겠지만 이미 그는 의문의 딜러와 얼굴이 마주친 상태이다.

차라리 화수가 이곳으로 와서 못쓰게 된 중고차를 판다고 핑계를 대는 편이 나았다.

그는 첫 번째 후보가 있는 상사로 향했다.

"어서 오세요!"

그녀는 30대 후반으로 딜러로 일한 지는 넉 달이 채 되지 않았다고 한다.

화수는 그녀에게 중고차를 한 대 보여주며 물었다.

"얼마나 받을 수 있을까요?"

"자, 잠시만요. 정확한 시세를 좀 알아봐야 해서……."

아무래도 이 여자는 용의선상에서 빼는 것이 좋을 것 같았다.

중고차 한 대를 감정하는데도 이렇게 버벅거려서야 무슨 일을 도모하겠는가?

화수는 그런 생각으로 발걸음을 돌렸다.

"알아보고 전화 주십시오. 다시 오겠습니다."

"네, 네……."

돌아서는 손님을 잡을 줄도 모르는 초보 딜러를 뒤로하고 화수는 두 번째 상사로 향했다.

두 번째로 만난 그녀는 40대 초반으로 경력 20년차의 베테랑이라고 한다.

"어떤 차를 보러 오셨죠?"

똑 부러지는 말투와 매혹적인 눈웃음.

공형진이 말한 요부 스타일의 40대 초반 여자는 바로 이 사람을 두고 하는 말인 것 같았다.

만약 그렇다면 지금 그녀는 화수를 보고 내심 뜨끔했을 것이다.

하지만 지금 그녀의 표정엔 그 어떤 심경의 변화도 느껴지지 않았다.

'강심장이군.'

화수는 그녀가 범인이라는 쪽으로 심증을 굳혔다.

"차를 좀 팔고 싶어서 말입니다."

"어떤 차를 파시려는 건가요?"

"벤X에서 나온 SLK 350 컨버터블입니다."

"흐음, 05년 식인가요?"

"네, 그렇습니다."

외형만으로 연식까지 알아맞힌다는 것은 차량 애호가나 전문 딜러가 아니면 힘든 일이다.

그녀는 시세보다 훨씬 더 낮은 가격을 제시했다.

"1,500만 원 드리겠습니다."

화수는 고개를 갸웃거렸다.

"어째서 가격이 그렇게 나오는 거죠? 차에 결함도 없는데."

"차체에 결함이 없어도 이렇게 오래된 차엔 근저당 같은 문제가 있을 수 있습니다. 그래서 저희는 가격을 마지노선까지 낮출 수밖에 없습니다."

시세 2천만 원짜리 차를 1,500만 원까지 깎아내리다니. 칼만 안 들었을 뿐이지 완전 강도가 따로 없었다.

일단 그는 평범한 사람들의 반응으로 대처했다.

"…일단 돌아다녀 보고 올게요."

"호호, 그러세요. 하지만 저희보다 더 많이 쳐주는 곳은 없을걸요. 결국 내일이면 이곳으로 돌아오게 되어 있습니다."

"만약 제 차에 문제가 없다면요?"

그녀는 그저 미소를 지을 뿐이다.


약 네 시간 후, 화수는 졌다는 듯이 그녀 앞에 나타났다.

"좋습니다. 얼마나 쳐줄 수 있다고요?"

"1,500입니다."

"만약 제 차에 문제가 있다고 쳐도 상관이 없습니까?"

"그렇다면 가격이 조금 더 내려가겠죠?"

"문제가 있는데 차를 산다고요?"

"이 세상엔 차를 팔 수 있는 방법이 많습니다. 별천지 세상 아닌가요?"

화수는 고개를 끄덕였다.

"좋습니다. 제가 내일 다시 차를 가지고 올 테니 그때 거래하시죠."

"알겠어요."

이윽고 화수는 중고차 시장을 나섰다.

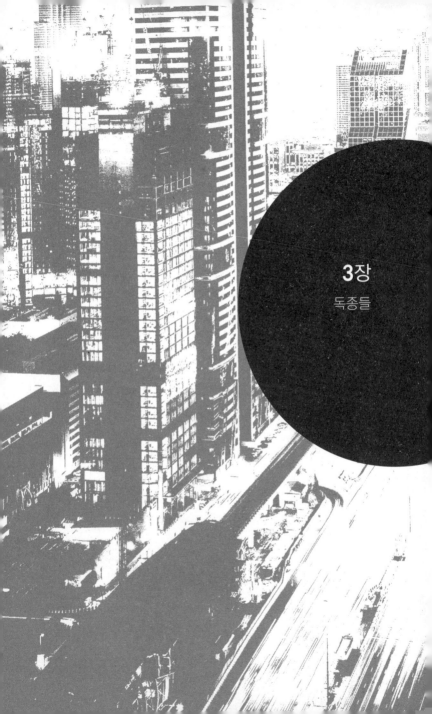

**3장**

독종들

　화수가 입수한 사진을 본 공형진은 자신도 모르게 고개를 끄덕였다.

　"그래, 그래요. 바로 이 여자입니다."

　"교수님의 말씀을 듣고 찾아가 보니 역시 보통 여자가 아니더군요. 이런 여자가 배후에 있었다면 뒤통수를 맞아도 이상할 것이 없을 것 같습니다."

　공형진은 이제 모든 퍼즐을 맞추었다는 듯이 말했다.

　"이제부터가 시작입니다. 이 여자가 어떤 식으로 이 일에 가담했는지 알아내야 합니다."

　"아마 대포차를 제공했겠지요."

"그럼 그 대포차를 어떻게 매입하고 팔아먹는지 알아보는 것이 급선무가 되겠군요."

화수는 이 일에 적임자를 떠올렸다.

"제가 아는 사람 중에 폐차장을 하시는 분이 계십니다. 그분이라면 대포차를 구해주실 수도 있을 것 같군요."

"좋습니다. 그 사람을 통해서 일을 처리하는 것으로 하시죠."

"알겠습니다. 저는 계속해서 제 후배를 조사하겠습니다."

두 사람은 흩어져 각자의 일을 시작했다.

*          *          *

화수의 전화를 받은 강한성은 그럴 줄 알았다는 듯한 반응이다.

─그래요. 그런 방법이 아니라면 일을 저지를 수가 없죠. 보통 차의 엔진이 터질 정도라면 시동조차 걸리지 않아야 정상입니다. 대포차를 개조해서 뭔가 일을 꾸몄군요.

"놈들이 어떤 식으로 대포차를 구매하는지 알아봐야겠습니다. 혹시 대포차를 구해주실 수 있습니까?"

그는 별것 아니라는 듯이 답했다.

─대포차라는 것이 그렇게 거창한 것이 아닙니다. 그저 등록만 되지 않으면 그게 대포차가 되는 것이지요. 우선은 등록

사업소로 가서 문제가 없는 차량을 일부러 말소시키고 해외로 보냈다고 하십시오. 그럼 그게 대포차가 되는 겁니다.

미등록 차량 자체가 일명 대포차가 되는 것이니 생각해 보면 상당히 간단한 방법이다.

"그런 방법이 있었군요."

—저에게 차량등록증을 보내주십시오. 그럼 제가 알아서 처리하겠습니다.

"그래 주시겠습니까?"

—더불어 사는 세상 아닙니까? 어려울 땐 서로 돕고 살아야지요.

"감사합니다."

—아닙니다. 하여간 빠른 시일 내로 차량등록증을 보내주십시오.

"예, 알겠습니다."

강한성의 도움으로 일이 쉽게 풀릴 듯하다.


다음 날, 화수는 등록 말소가 된 차량을 가지고 월평동 중고차 시장을 찾았다.

그녀는 화수가 올 줄 알았다는 표정으로 그를 맞았다.

"오셨군요."

최대한 침통한 표정을 지은 화수가 그녀에게 자동차 키를 건넸다.

"솔직히 말하겠습니다. 이 차는 미등록 차량입니다. 일명 대포차라고 불리죠. 매입하실 수 있습니까?"

그녀는 화수에게 명함을 한 장 건네주었다.

"여기선 거래할 수가 없고, 이 사람을 찾아가십시오. 그곳에 가서 차량을 매각한다고 말씀하시고 저의 소개로 왔다고 하십시오. 그럼 가격을 더 쳐줄 겁니다."

아무래도 이 여자는 이곳 말고도 다른 곳에 따로 사무실을 두고 대포차를 구입하는 모양이었다.

대놓고 대포차를 구입하게 되면 경찰에 적발될 수도 있기 때문으로 보였다.

"좋습니다. 이 사람에게 찾아가서 차를 팔면 된다는 것이죠?"

"네, 그래요. 그렇게 거래하면 현찰로 지급할 거예요. 그렇게 되면 거래한 흔적도 없을 테니 서로에게 좋겠죠?"

"알겠습니다. 그럼 이만."

화수는 그녀가 준 명함에 적힌 주소로 차를 몰았다.

*　　　*　　　*

대전 신탄진의 한 공장에 들어선 화수는 깡마른 한 사내와 마주했다.

"연락받은 사람입니다. 차를 매각하고 싶다고요?"

"네, 그렇습니다."

명함에 나와 있는 곳은 신탄진의 한 폐공장이었는데, 아마도 이곳은 단속을 피하기 위한 임시 거래장으로 사용되는 것 같았다.

사내는 화수가 몰고 온 차량을 이리저리 둘러보았다.

"차량의 상태는 양호하군요."

"정비까지 모두 말끔하게 마친 겁니다. 이대로 타고 다녀도 전혀 문제될 것이 없을 정도지요."

"좋습니다. 구매하지요."

그는 자신이 메고 온 백팩에서 현금 다발을 끼내어 화수에게 내밀었다.

"만 원짜리로 천입니다."

순간, 화수가 표정을 와락 구겼다.

"…시세의 절반밖에 안 쳐준다는 것이 말이나 됩니까?"

아무리 미등록 차량이라고는 해도 판매가의 절반도 안 되는 가격에 매입한다는 것은 있을 수 없는 일이었다.

하지만 그는 적반하장으로 나왔다.

"싫으면 돌아가시면 됩니다. 하지만 제가 언제 당신을 신고할지 모르지요."

"……."

차를 팔러 와서 가격이 맞지 않으면 경찰에 신고한다는 명목으로 협박하는 듯하다.

이곳에 들어와서 차를 보여주는 순간, 판매자는 덫에 걸리는 셈이다.

'이 새끼들, 이거 뭐야?'

화수는 하는 수 없이 차에서 내려 돈을 받았다.

"…알겠습니다. 대신 서로 뒤탈 없이 끝내는 것으로 합시다."

"큭큭, 물론이죠."

만약 그가 차를 구매한 후 보복성 신고를 한다면 이 차를 판 사람은 덜미를 잡힐 수가 있었다.

그나마 돈을 건네주는 것을 보면 최소한의 양심은 있는 모양이다.

돈을 받은 화수에게 그는 키 박스가 다 떨어져 나간 스쿠터를 한 대 건넨다.

"선물입니다. 집까지 타고 갈 만큼의 기름은 들어 있으니 적당한 곳에 버리고 가세요."

"…고맙군요."

"큭큭! 천만 원이나 벌게 해준 사람인데 이 정도도 못해주겠습니까?"

그는 차를 매입해서 팔면 그만이다.

대포차는 차량 검사를 할 수도 없고 진단을 받을 수도 없다.

아무리 차량을 잘 아는 사람이라고 해도 겉으로만 봐선 차를 진단할 수 없기 때문에 추후에 문제가 생겨도 어쩔 수가 없었다.

아마도 그들은 차를 사서 정비 없이 그냥 넘길 것이다.

그렇게 되면 그는 구입가와 판매가의 차액을 그대로 전부 다 챙기게 되는 셈이다.

그야말로 대단하다는 말밖에 나오지 않았다.

화수는 스쿠터에 시동을 걸었다.

부르르릉!

"저는 그럼 이만 갑니다. 다시는 볼 일 없었으면 좋겠군요."

"큭큭! 물론이죠."

그는 이내 공장을 빠져나와 고물상으로 향했다.

*          *          *

대전 동부경찰서 조사실에 앉은 양윤성은 며칠 전부터 묵비권을 행사하고 있었다.

범행을 자신이 벌인 것은 맞지만 공범에 대해선 아예 입을 닫아버린 것이다.

그 때문에 담당 형사들은 입을 닫은 양윤성을 두고 며칠째 같은 질문을 반복하고 있었다.

"이렇게 입을 닫는다고 상황이 끝날 것 같습니까?"

"……."

"이러다 공범이 잡히면 당신은 그야말로 끝입니다. 젊은 인생, 중년이 될 때까지 감옥에서 썩고 싶어요?"

"……."

도주의 우려가 있는 그는 조사가 끝나봐야 다시 유치장으로 돌아가야 할 팔자다.

그저 이곳에서 가만히 입 닫고 있다가 돌아가 유치장에서 잠을 자는 것이 하루 일과인 것이다.

경찰들은 그런 그의 근성에 혀를 내둘렀다.

"후우, 그래, 좋습니다. 입을 열든 말든 마음대로 하세요."

조서를 꾸미기 위해 앉아 있던 형사가 열불을 내는데, 조사실 문이 열리며 이성진 경사가 들어왔다.

"잠시 나가서 담배 한 대 피우고 오지?"

"그래도 되겠습니까?"

"괜찮아. 내가 잠깐 보고 있을게."

이성진이 들어오자마자 그의 동공이 심하게 요동치기 시작한다.

"자, 잠깐만요! 갑자기 담당을 바꾸는 경우가 어디 있어요?!"

순간 그는 씨익 미소를 지었다.

경찰서 내부에서 가장 성질머리 나쁘기로 유명한 이성진을 한번 겪고 나면 그를 보기만 해도 진저리를 친다는 것을 익히 알고 있는 것이다.

"같은 팀인데 뭐 어때요? 그럼 전 이만……."

"어, 어어?"

자리에서 일어서려던 그에게 이성진은 아주 나지막한 목소리로 말했다.

"앉아."

"네……."

경찰서에 들어오기 전에는 그나마 존대라도 써주지만 경찰서에 들어오면 얄짤 없는 이성진이다.

"다시 한 번 시작해 볼까?"

"…도대체 저에게 왜 이러시는 건데요?"

노트북 앞에 앉은 이성진에게 그가 자신도 모르게 내뱉은 말이다.

양윤성은 자신이 말을 뱉어놓고도 화들짝 놀라서 입을 가렸다.

"헙!"

이성진은 이내 노트북을 접었다.

"뭐라고?"

"아, 아니, 그게 아니고……."

"다시 한 번 지껄여 봐. 뭐라고?"

"죄송해요. 제가 너무 오래 조사를 받다 보니 그만……."

그는 고개를 가로저었다.

"괜찮아, 괜찮아. 뭐, 그럴 수도 있지."

괜찮다고 말하곤 있지만 그의 눈빛엔 살기가 가득했다.

조사실 안에 냉기가 가득한 가운데 국밥이 한 그릇 배달되어 왔다.

똑똑.

"선배님, 밥 먹이고 조사하랍니다."

"들어와."

김 순경이 탁자 위에 국밥을 올려놓고 돌아서려는데 이성진이 그대로 그릇을 발로 차버린다.

퍼억!

쨍그랑!,

"서, 선배님?!"

그는 아무렇지도 않게 김 순경에게 말했다.

"뭐해? 가서 걸레 가지고 와."

"알겠습니다. 그럼 한 그릇 더……."

"한 그릇 더? 죽고 싶나?"

"…죄송합니다!"

이윽고 이성진이 양윤성에게 고개를 쑤욱 들이밀었다.

"사람 새끼가 아니면 밥을 먹을 자격도 없어. 넌 나와 함께 있는 한 사람 취급을 못 받아. 그리고 감옥을 갔다가 나와도 사람 취급을 못 받겠지. 내가 너를 평생 따라다닐 테니까."

"……."

할 말을 잃어버린 그에게 이성진이 몸을 물리며 말했다.

"네가 사람 취급을 받을 수 있는 방법을 알려줘?"

"……?"

"지금이라도 공범이 어떤 식으로 엮인 건지 말해. 그럼 너를 편하게 놓아주마."

양윤성이 한숨을 푹 내쉰다.

"…정말입니까?"

"정말이고말고. 내가 성질머리는 뭣 같아도 약속은 꼭 지키거든."

이성진을 바라보는 양윤성의 눈동자에 갈등의 기색이 역력하다.

*      *      *

대전 은행동의 한 포장마차.

지영숙과 김영찬이 마주 앉아 있다.

타이트한 검은색 원피스를 입은 지영숙이 김영찬에게 술을 권한다.

"안 마셔요?"

"운전을 해야 해서 말입니다."

그녀는 김영찬을 바라보며 농익은 미소를 흘린다.

"왜요? 사모님께서 걱정하시나 보죠?"

"…운전대를 잡아야 하니 그런 겁니다. 지금과 같은 상황에 내가 경찰과 엮이면 좋겠습니까?"

"훗, 그렇다면야 어쩔 수 없죠."

그들의 앞에 쌓인 술병은 벌써 세 병. 그럼에도 불구하고 그녀는 끄떡없어 보인다.

"술과 섹스가 없는 삶은 서글픈 법인데, 박사님은 아닌가 보죠?"

"저마다 가치관이 다른 법입니다. 당신도 아이가 있잖습니까?"

"있죠. 있지만 그 아이의 인생과 내 인생은 별개죠. 나는 내 인생을 살 권리가 있어요."

김영찬이 고개를 가로젓는다.

"이런 엄마를 믿고 장성할 당신의 딸을 생각하니 가슴이 아프군요."

"후후, 그럼 당신이 아빠 노릇을 해주던가요."

"할 수만 있다면 그렇게 해주고 싶군요."

순간, 그녀의 눈동자가 반짝거린다.

"정말요?"

"…말이 그렇다는 겁니다."

"쳇, 난 또."

두 사람은 벌써 삼 년째 이따금 밀회를 갖고 있다.

그럼에도 불구하고 김영찬은 그녀에게 손을 댄 적이 한 번도 없었다.

가정에 대한 애착이 남다른 김영찬은 이제까지 그녀의 육탄공세를 단칼에 물리치고 있었던 것이다.

"아무튼 당분간 차량 판매는 중단하십시오."

"왜요? 경찰들 때문에?"

"듣자 하니 당신과 연관된 그 청년이 경찰서에 잡혀 있답니다."

"…모자란 놈! 그렇게 조심하라고 경고했건만!"

"제 중학교 동창이 경찰서에서 근무하고 있어서 망정이지 그렇지 않았으면 놈에 대해 알아보지도 못했을 겁니다."

자동차를 폭발시키고 나면 그는 보험금만 받고 잠적하기로 했다.

만약 일이 잘못될 경우엔 보험금은 수령하지 않고 1년 동안 잠적하기로 합의했다.

차명 계좌에 이번 일의 성공 보수의 절반을 넣어놓았기 때문에 잠적 자금은 충분할 터다.

그럼에도 불구하고 그는 지금 경찰서 유치장에 수감되어 있는 것이다.

"빼낼 방법은 없어요?"

"없습니다. 아무리 경찰이 계급사회라곤 해도 그 정도 월권은 있을 수가 없습니다. 더군다나 경찰서장까지 이번 일에 관심을 갖고 있어요. 절대로 빠져나갈 수 없을 겁니다."

"젠장."

그녀는 다시 소주를 한 모금 삼킨 후에 묻는다.

"그럼 지금 이 상황에서 난 어떻게 해야 하죠?"

"우선 잠적할 준비를 하고 있어야 합니다. 가게는 직원들에게 맡겨놓고 한적한 곳에 은신처를 알아보십시오."

경찰에게 붙잡히지 않는 이상 사법 처리 또한 없다는 것이 김영찬의 생각이다.

"그럼 내 딸은요?"

"형제 없습니까?"

"알면서 뭘 물어요?"

"친척은?"

"없어요."

"아이의 친가도?"

"없다니까요."

그녀는 아무래도 아이를 김영찬에게 맡기려는 것 같았다.

그 의도를 일찍이 간파하고 있는 그이기에 어쩔 수 없이 아이를 받아들일 수밖에 없다.

"내가 데리고 가겠습니다. 전학 준비나 시키세요."

"어머, 정말요?!"

"아내에겐 친구가 실종되었다고 말하겠습니다. 아이에겐 비밀로 하고요."

"참 세상살이 각박하네요."

"별수 없잖습니까? 이대로 잡히면 모든 것이 말짱 허사인데. 돈은 모두 무기명 채권으로 바꾸든지 차명계좌로 나누어 뿌리든지 마음대로 하십시오."

"알겠어요. 그렇게 하죠."

두 사람은 그렇게 술자리를 이어갔다.

*　　　*　　　*

공형진은 김영찬의 연구실을 찾았다.

그는 요즘 나사에서 공모하고 있는 로봇팔과 영상 장비를 개발하는 데 박차를 가하고 있다.

고로 김영찬의 연구팀은 밤늦도록 퇴근하지 못하고 있었다.

연구실에 남아 있던 연구진들이 공형진을 반갑게 맞이한다.

"박사님 오셨습니까?"

"잘 지냈는가?"

이 중에는 그가 대학에서 가르친 사람도 꽤 있다.

공학이라는 분야가 모 아니면 도이기 때문에 대기업이나 중견 기업으로 취직한 사람들도 꽤 있지만, 아직까지 자신의 꿈을 좇아 최선을 다하는 사람들도 있었다.

그는 그들을 기특하게 바라보았다.

"그래, 어려운 점은 없고?"

"살 만합니다. 요즘 우리 교수님께서도 꽤 많은 연구비를 지원 받으셨거든요."

공형진은 고개를 갸웃거렸다.

"연구비를 지원받아? 어디서?"

"출처는 저희도 모릅니다."

연구비를 지원 받는다는 것은 이 연구에 비전이 있다고 판단한 특정 단체나 국가가 지원을 하는 경우에 나오게 되어 있다.

하지만 김영찬은 국가에서 프로젝트를 수장시켜 버렸기 때문에 엄청난 자금난에 시달리고 있었다.

더군다나 아직까지 우리나라에 로봇공학 분야의 지원은 상당히 미비한 수준이기 때문에 쉽사리 투자하겠다는 사람이 나타날 리가 만무하다.

'그 여자인가?'

김영찬은 고등학교에 다닐 때부터 성적과 더불어 인맥 관리에 상당히 신경 쓰고 있었다.

그것은 사회에 나와서도 마찬가지였고, 그는 군대 선, 후임에 동기까지 관리했다.

덕분에 엄청난 인맥을 자랑하는 김영찬이다.

아마도 그 여자에게 인맥을 지원하고 돈을 받았을 가능성이 컸다.

공형진은 자신이 사사한 제자 중 한 명을 불러냈다.

"요즘 영찬이에게 한 여자가 계속 찾아오지 않던?"

"여자요?"

"40대 초반으로 보이는 미인이야."

"아, 지영숙 씨요?"

"그 여자의 이름이 지영숙이냐?"

"네, 아마도요. 한 3년 되었나? 오늘도 찾아온 지 조금 되었습니다."

"외도를 하는 것 같지는 않고?"

"에이, 우리 교수님이 그럴 사람은 아니지 않습니까?"

"다행이군."

김영찬은 젊어서부터 여자들에게 인기가 무척이나 많았던 쾌남이다.

그는 혹시나 해서 제자에게 불륜 여부를 물어본 것이다.

"아무튼 알겠다. 영찬이에겐 내가 이런 것 물었다고는 말하지 말거라."

"물론이지요."

그의 예상대로 김영찬은 그녀와 깊이 연관된 모양이다.

공형진은 끝으로 김영찬의 행방을 물었다.

"영찬이가 보이지 않는구나. 녀석은 어디를 간 거야?"

"아마 지영숙 씨와 술자리에 나간 것으로 압니다. 분위기상 딱 술자리였습니다."

"그래, 알겠다."

그는 연구실에서 나와 김영찬을 찾아 나섰다.

* * *

접선 장소에서 차를 판 화수는 오토바이를 한적한 곳에 두고 판매책을 뒤따랐다.

그는 화수가 판 차량을 타고 충북 청원으로 이동하고 있었는데, 그가 맡았던 현장과 그리 멀지 않은 곳이다.

"등잔 밑이 어둡다더니 정말이군."

이렇게 익숙한 곳에 범죄의 현장이 있었다니 믿을 수가 없는 화수다.

청원의 한 가구 창고로 들어간 그는 조심스럽게 창고 문을 열었다.

끼익!

그러자 그 안으로 덮개가 씌워진 자동차들이 줄지어 서 있는 광경이 보인다.

'여기군.'

그는 이곳에 물건을 쌓아두고 연락이 닿을 때마다 나가서 차를 파는 모양이었다.

잠시 후, 그는 다른 차를 한 대 끌고 나왔다.

그리고는 어딘가로 전화를 건다.

"약속 시간 다 되어가는데 어디시죠?"

전화를 받을 땐 상당히 친절하고 상냥한 그이지만, 막상 수틀리는 상황이 벌어지면 돌변해 버린다.

'무서운 놈이군.'

이윽고 차를 끌고 나온 그는 다시 접선 장소로 향했다.

이곳에서 차를 직접 거래했다간 무슨 일이 벌어질지 몰라서 미리 대비를 하는 모양이다.

이번에 그가 거래할 품목은 가액 2천만 원짜리 일제 스포츠기다.

부르르릉!

꽤나 깔끔한 엔진 소리에 외관까지 꽤 봐줄 만한 차다.

'그래도 양심은 있는 모양이군.'

다른 사람에게 정비를 하지 않은 차를 팔면 어쩌나 싶던 화수는 피식 실소를 흘렸다.

청원에서 신탄진까지는 10분이면 닿을 거리기에 그는 아주 여유롭게 차를 몰았다.


10분 후, 차를 몰고 도착한 창고에 한 남자가 서 있다.

조금 초조해하는 기색이 역력한 것을 보니 경찰에게 적발되면 어쩌나 하고 노심초사해하는 모습이다.

그는 입에 물고 있던 담배를 비벼 끈 후 판매책에게 다가갔다.

"이 물건입니까?"

"네, 찾으시던 09 연식 G37 컨버터블입니다."

일제 스포츠카 중에선 가장 인기가 좋은 모델이니만큼 가격도 무시할 수 없는 것이 바로 이 차다.

하지만 그는 선뜻 현금을 건넨다.

"맞는지 한번 세보시죠."

"잠시만 기다려 주세요."

그는 계수기를 가지고 와서 돈이 맞는지 확인해 본다.

촤르르르르륵!

이윽고 눈금이 2천을 가리킨다.

"맞습니다. 잘 타십시오."

AS나 교환은 꿈도 꿀 수 없는 대포차이기에 그는 덧붙이는 말도 없이 차를 끌고 떠났다.

부아아아앙!

웃음기가 가득한 그를 바라보는 판매책의 얼굴에도 의미를 알 수 없는 미소가 걸려 있다.

그리고 잠시 후, 그는 어디론가 전화를 건다.

"출발했다. 소리 없이 따라붙어."

자동차를 팔아놓고 따라붙으라니, 도대체 무슨 소리를 하는 것인지 알 수 없는 화수다.

잠시 후, 그는 차를 구매한 남자를 따라갔다.

쿠페답게 시원시원하게 쭉쭉 나가는 차를 따라가기가 쉽

지가 않다.

"젠장, 엄청나게 밟네."

나름대로 외제차를 끌고 오긴 했지만 역시 쿠페에 당할 재간이 없다.

이럴 땐 그저 자신의 운전 경력을 믿어볼 수밖에 없다.

부아아아앙!

차선을 지그재그로 오가며 곡예 운전을 하는 그의 뒤를 화수는 묵묵히 뒤따랐다.

화수가 굳이 전속력으로 그를 따라가지 않는 것은 신호 대기까지 계산하면서 운전하고 있기 때문이다.

파란불에서 빨간불로 바뀌는 데 걸리는 시간을 잘만 계산하면 그다음 신호에서 대략 어느 때 신호가 바뀔지 예상할 수 있다.

화수는 그것을 이용하고 있는 것이다.

G37이 신나게 가속 페달을 밟다가 자신의 앞에 멈추어 선차 때문에 정지한다.

화수는 차를 돌려 그의 바로 옆에 차를 바짝 붙였다. 쿵쾅쿵쾅!

옆 차에선 귀가 따가울 정도로 시끄러운 음악 소리가 들려온다.

'폼이나 잡자고 대포차를 구매하다니 생각머리가 전혀 없는 놈이군.'

대포차는 보험을 들 수 없는 대신 세금과 보험료가 들어가지 않는다.

외제차를 유지하는 데 가장 큰 부담이 없는 셈이다.

아마도 그는 자신의 수입에 비례해서 조금 더 좋은 차를 타고 싶어 극단적인 선택을 한 듯했다.

다시 출발 신호가 떨어졌을 땐 화수가 그보다 먼저 앞서나갔다.

그리고는 사이드미러로 그의 주행 방향을 살폈다.

뒤차가 많아서 방향 지시등은 꼭 켜야 사고가 나지 않을 것이다.

화수는 그런 마음으로 그를 앞질러 간 것이다.

이윽고 그의 차 우측 방향 지시등이 켜진다.

똑딱똑딱!

"이곳에서 그리 멀지 않은 곳에 집이 있는 모양이군."

신탄진에서 청주로 향하는 지금 이 도로에서 우측으로 틀면 복잡한 골목이 거미줄처럼 엉켜 있는 동네가 나온다.

한마디로 이 근방에 주차를 할 생각인 것이다.

화수는 아주 천천히 그를 따라갔다.

＊　　　＊　　　＊

무려 2천만 원이나 주고 차를 산 그의 집은 허름한 원룸 촌이었다.

삐익!

"후후, 좋구나!"

집도 절도 없이 대포차를 사다니 이건 정말 답도 없는 카푸어다.

'멍청한 놈.'

화수는 멀찌감치 차를 대놓고 그를 지켜보고 있었다.

차를 팔아놓고 분명 그를 따라가라고 지시를 내린 것을 보았기 때문이다.

그렇게 두 시간 정도 흘렀을까?

원룸 촌 앞에 오토바이 두 대가 달려와 멈추어 선다.

그리곤 한 사람이 태연하게 스마트키를 꺼내어 G37의 시동을 건다.

부르르릉!

순산, 화수의 고개가 좌로 꺾였다.

"뭐하는 거지?"

차를 팔아놓고 스마트키를 가지고 와서 시동을 거는 건 도대체 무슨 의도란 말인가?

잠시 후, 화수는 그 의도를 알아차리곤 탄식을 내뱉었다.

부아아아앙!

"허어!"

그들은 차를 팔아놓고 곧바로 뒤따라와 다시 차를 가지고 가는 악질 범죄를 저지르고 있었던 것이다.

세상에 대포차를 팔아놓고 그것을 다시 훔쳐 가다니, 게임에서나 나올 법한 상황이 아닐 수 없다.

워낙 엔진 소리가 큰 G37이기에 차주는 그 소리를 듣고 금방 뛰쳐나온다.

"뭐, 뭐야?! 거기 안 서!"

부아아아아앙!

그러나 마치 그를 놀리기라도 하듯 차는 저 멀리 떠나 버린 후다.

털썩!

그는 이 상황이 믿기 힘든 모양인지 그 자리에 주저앉는다.

"하, 하하, 하하하하!"

무려 현금 2천만 원이나 주고 산 자동차다.

자신은 이렇게 허름한 원룸 촌에서 전전긍긍하며 살고 있는데 범죄자들은 태연하게 자동차를 도로 훔쳐 간 것이다.

게다가 대포차라서 도난 신고는커녕 누구에게 말할 처지도 못 된다.

"씨발! 씨발!"

급기야 육두문자를 씹어 뱉는 그의 처지가 참으로 가여운 화수다.

'쯧, 그러게 왜 애초에 그런 말도 안 되는 대포차는 사서…….'

화수의 차에는 블랙박스가 달려 있어 지금까지의 상황이 모두 녹화되고 있었다.

　그는 녹화된 영상을 곧바로 테블릿 PC에 집어넣어 파일화 시켰다.

　그리고 그것을 가지고 경찰서로 향했다.

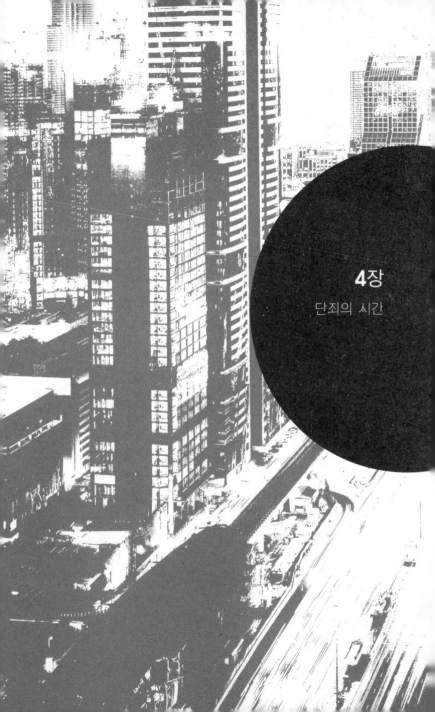

**4장**

단죄의 시간

제1금융권에서도 단연 으뜸으로 분류되는 농협의 대전 본사 앞. 공형진과 그의 고등학교 동창 염진석이 함께 있다.

공형진과 염진석은 지금 회사 앞 카페에 앉아 있는데, 두 사람은 대낮부터 생맥주를 마시고 있었다.

"…그러니까 네 말에 따르자면 녀석이 지금 이상한 여자에게 뒷돈을 받고 있다는 소리야?"

쓸쓸하게 고개만 끄덕이는 공형진이다.

염진석은 지금 공형진의 얘기를 도저히 믿을 수 없다는 듯이 고개를 가로젓는다.

"녀석이 조금 약삭빠른 면이 있긴 하지만 자신의 영혼까지 팔아가면서 돈을 좇아갈 사람은 아닌데 말이지."

"나도 그렇게 생각했어. 하지만 나도 모르는 사이에 어디선가 투자금을 받고 있었더라고."

"그리고 그 여자는 대포차를 팔아먹는 파렴치한이고?"

"그래, 맞아."

그는 답답하다는 듯이 맥주를 한 모금 넘긴다.

"…그래도 우리 동문 중에선 가장 인맥이 넓고 신의도 두터워서 범죄와는 아예 거리가 먼 줄 알았는데……."

"빌어먹을 세상이 녀석을 그렇게 만든 거지. 요 근래 영찬이의 연구가 잘 안 되었거든. 그래서 자금난에 허덕이고 있었어. 그것 때문에 그녀와 손을 잡은 것이 아닌가 싶어."

염진석은 농협 대전지부 전무이사를 지내고 있는 고위 금융인이다.

그의 능력이라면 김영찬의 계좌를 조회하는 것쯤은 그리 어려운 일이 아니다.

"어때? 해줄 수 있겠어?"

살며시 고개를 끄덕이는 염진석의 표정이 썩 어둡다.

"할 수는 있지만 조금 무섭군. 놈이 진짜 범죄를 저지르고 다닌 것이라면."

"우리가 바로잡아 주어야 하지 않겠어? 녀석은 내 후배이기도 하지만 자네의 후배이기도 하잖나."

"그건 그렇지."

"더 이상 녀석이 엇나가기 전에 우리가 잡아주어야 해."

염진석은 남아 있는 맥주를 모두 비워낸 후 자리에서 벌떡 일어선다.

"후우! 자네가 그렇게까지 말한다면야 나도 가만있을 수는 없지."

"잘 생각했네."

"내가 계좌를 조회해서 결과를 알려줄 테니 이곳에서 조금만 기다려 줄 수 있겠나?"

"알겠네. 그리하시."

공형진은 맥주를 한 잔 더 시키며 그를 기다리기로 했다.


염진석이 카페를 나선 지 약 30분 후, 그가 비통한 표정으로 들어선다.

"…자네의 말이 맞는 것 같아. 지영숙이라는 여자에게서 꽤 많은 돈이 들어왔어. 그리고 그중에서 절반쯤은 자동차검사장에 있는 동창과 등록사업소에 있는 동창들에게 들어갔어. 아마도 녀석이 돈을 먹이고 대포차를 합법적으로 돌릴 수 있도록 도와준 모양이야."

"대, 대포차를 합법적으로 돌려?"

"나도 믿기진 않지만 몇 명이 손만 잡으면 그게 그렇게 어려운 일은 아닐 거야. 수출용으로 나온 차를 불법으로 개조해서 차대번호를 돌려서 팔아먹는 경우도 있다니까."

수많은 차량을 가지고 있는 지영숙으로선 차대번호와 엔진 고유번호를 바꿔치기하는 것쯤은 그리 어려운 일이 아닐 것이다.

그렇다면 김영찬이 조금만 도움을 준다면 그녀는 헐값에 산 차를 정상적인 가격에 팔아먹을 수 있게 되는 셈이다.

"그래, 자네의 말이 맞았어. 우리가 더 늦기 전에 녀석을 바로잡아 주어야겠어. 이대로 가다간 도대체 어디까지 갈지 알 수 없어."

"잘 생각했네. 어린 시절엔 참으로 착실하고 해맑았던 녀석이 아닌가? 우리가 진즉 관심을 가졌더라면 이렇게까지 되지는 않았을 텐데 한편으론 안타깝군."

"그러게 말이야. 우리가 인맥을 조금만 더 동원해서 녀석을 도와줬더라면……."

선배로서, 동네 친한 형으로서 그에게 면목에 없어지는 두 사람이다.

"일단 이 사실은 다른 친구들에겐 비밀로 해두게."

"알겠네. 제수씨에게도 이 사실은 알리지 않겠네."

"그렇게 하세나."

공형진과 염진석은 계좌 조회 내역을 가지고 김영찬을 찾아가기로 했다.

*      *      *

이른 새벽, 대전 동부경찰서 강력계 형사들이 일사불란하게 움직이고 있다.

"용의자가 벌써 타지로 떴을 수도 있다. 그러니 되도록 빨리 움직이는 것이 좋아."

"예, 선배님."

네 명의 형사는 양윤성이 지목한 공범 지영숙을 잡기 위해 승합차에 몸을 실었다.

양윤성은 지영숙을 공범으로 지목하면서 한 가지 중요한 사실을 더 자백했다.

그들은 체계적인 대포차 조직을 가지고 있으며, 그 차들로 고수익을 올리고 있다는 것이다.

하지만 그 창고가 어디에 있으며 수행원은 누구인지 알 길이 없어 대포차 조직 자체를 잡는 일은 어려울 것으로 보였다.

그러나 이런 상황은 둘째치더라도 그녀가 대포차의 차체와 엔진을 제공했다는 것은 피할 수 없는 확증이다.

만약 그가 자백하지 않았더라면 지영숙에 대한 체포영장은 발부되지 않았을지도 모른다.

대전 월평동의 한 고급 주택가에 도착한 형사들은 지영숙의 자택부터 찾았다.

"이 근방에 맞지?"

"예, 선배님."

"집이 다 비슷비슷하게 생겨서 구분이 잘 가지 않는군."

주소가 적힌 종이를 들고 이리저리 돌아다니던 이성진 경사가 한 주택 앞에 멈추어 선다.

"아무래도 이곳인 것 같군."

[165—74번지]

문패에는 쪽지에 적힌 것과 같은 주소가 적혀 있다.

목청을 가다듬은 이성진이 벨을 누른다.

딩동!

하지만 아무런 반응이 없다.

"집에 없나?"

"새벽이니 당연히 한 번에 나오지 않겠지."

이성진은 다시 한 번 벨을 눌렀다.

딩동딩동!

그러자 이번엔 초인종 인터폰 너머로 한 여성의 목소리가 들려온다.

—누구세요?

순간, 이성진은 형사들에게 집 주변을 둘러쌀 것을 수화로 지시한다.

'한 명은 골목, 한 명은 뒷문, 한 명은 차고.'

'알겠습니다!'

일사불란하게 흩어진 형사들을 뒤로하고 이성진이 아주

차분한 목소리로 말한다.

"안녕하십니까? 동주화재에서 나왔습니다. 혹시 지영숙 씨 계신지요?"

─동주화재요? 동주화재에선 무슨 일로 나오셨죠?

"지영숙 씨 본인 되시는지요?"

─아니, 글쎄, 왜 왔는지부터 말씀해 주셔야 하는 것 아닌 가요?

"하하, 죄송합니다만 본인이 아니면 할 수 없는 얘기라서 말씀드리긴 곤란하군요. 개인정보 보호 차원에서 아무에게 나 정보를 제공할 수 없거든요."

이렇게 말하고 나니 정말로 보험회사에서 나온 사람 같다.

그제야 그녀는 자신이 지영숙임을 밝힌다.

─그래요. 제가 지영숙이에요. 무슨 일이시죠?

"제가 이 새벽에 찾아온 것은 다름이 아니고, 얼마 전에 지 영숙 씨가 판매하신 차량이 고속도로에서 전복되는 사고가 발생했습니다. 그래서 판매자 본인에게 차량에 대한 정보를 좀 묻고 싶어서 온 겁니다. 지금 당장 합의를 하지 못하면 오 늘 아침부로 저희 고객님께서 유치장에 끌려갈 수도 있거든 요."

인터폰 너머로 지영숙의 짜증 섞인 목소리가 들린다.

─지금 제가 이상한 물건을 팔았다고 의심하시는 건가요?

"아니요. 그런 것은 아닙니다. 다만 지금 말씀하신 것처럼 판매자께서 제공하신 차량이 아무런 문제가 없다는 것을 증명해 주시면 됩니다. 저희는 그것 때문에 이곳에 찾아온 겁니다."

지금 그가 하고 있는 말은 잘못하면 형사상 책임을 물을 수도 있으니 당장 나오라는 뜻이다.

오랜 시간 자동차 딜러로 일한 지영숙이 그것을 모를 리가 없다.

─잠시만 기다리세요. 옷 좀 입고요.

"네, 알겠습니다."

세상에 그 어떤 일이 있다고 해도 형사상의 책임은 되도록 지지 않는 것이 좋다.

때문에 그녀는 곧바로 문을 열고 나왔다.

끼이익!

화장기 하나 없는 얼굴임에도 불구하고 그녀의 피부는 상당히 깨끗하고 탱탱한 편이었다.

과연 미녀 자동차 딜러라고 해도 될 정도로 아름다운 외모다.

하지만 지금 이성진에게 그녀는 그저 법을 어긴 쓰레기로 보일 뿐이다.

"무슨 일이라고요?"

상당히 짜증이 난 얼굴로 이성진을 맞이하는 그녀에게 그가 영장을 보여주며 말했다.

"지영숙 씨 되시죠? 경찰입니다."

그러자 그녀는 기겁해서 대문을 닫으려 안간힘을 쓴다.

"젠장!"

하지만 반사신경이 그녀보다 월등히 빠른 이성진은 오른쪽 발을 대문에 끼워 넣어 그것을 저지했다.

콰앙!

"자꾸 이러시면 재미없을 줄 알아요!"

이윽고 그녀는 슬금슬금 뒷걸음질 치며 말했다.

"여, 영장은 언제 발부된 건데요?!"

"바로 한 시간 전에 나왔습니다. 당신의 사업 파트너인 양윤성 씨가 우리에게 정보를 제공해 주었거든요. 지금 우리 경찰서는 당신 때문에 난리가 아닙니다."

"하, 하지만 나는 죄가 없다고요!"

"그러니 순순히 경찰서로 가셔서 조사를 받으시면 될 일 아닙니까? 죄가 없다면 벌을 받지 않을 것이고 그렇지 않다면 벌을 받겠죠."

그녀가 어디론가 전화를 걸기 위해 핸드폰을 꺼내자 이성진은 그것을 빼앗아 바닥에 집어 던져 버렸다.

따각!

"뭐, 뭐하는 짓이에요?!"

"자꾸 이러시면 공무집행방해죄까지 추가됩니다."

이윽고 이성진은 주머니에서 수갑을 꺼내어 그녀의 손목

에 채웠다.

철컥!

"지영숙 씨, 당신을 도로교통법 위반 및 차량법 위반으로 체포합니다. 묵비권을 행사할 수 있고 변호사를 선임할 수 있습니다."

"이, 이거 안 봐요?!"

미란다의 원칙을 전해준 이성진은 곧바로 태도를 바꿨다.

"조용히 안 하면 스스로 조용히 할 수밖에 없도록 만들어주지. 그러길 바라나?"

"뭐, 뭐라고요?"

"난 범죄자는 남녀를 안 가려. 내가 남자를 어떻게 다루는지 궁금해? 그래서 지금 이렇게 설치는 건가?"

안광을 번뜩이는 이성진 앞에서 과연 그의 눈을 똑바로 쳐다볼 수 있는 범죄가가 얼마나 될까?

그제야 그녀는 순순히 수갑을 찬 채 경찰차로 향한다.

"용의자 확보했다. 서로 돌아가자."

―예, 선배님.

이윽고 그들의 앞에 승합차가 멈추어 선다.

바로 그때였다.

"엄마?"

"하, 하진아!"

"어, 엄마!"

그녀는 하진에게 지갑을 주며 말한다.

"집에 잠깐만 있어. 엄마 금방 올게."

"엄마!"

지영숙의 딸 하진은 멀어져 가는 엄마의 뒷모습을 하염없이 바라보고 있을 뿐이다.

<br>

＊　　　＊　　　＊

<br>

깊은 새벽, 공형진과 염진석이 김영찬을 술집으로 불러냈다.

그는 가벼운 차림으로 맥주잔을 잡는다.

"선배들, 이 새벽에 무슨 일이십니까? 밤에는 술자리도 잘 안 하시는 분들이."

"할 말이… 있어."

김영찬이 가볍게 고개를 갸웃거린다.

"별일이네요. 그렇게 심각한 표정으로 분위기를 잡다니요. 진짜 심각한 일인 모양인데요?"

염진석이 고개를 끄덕인다.

"그렇지. 진짜 심각한 일이지."

그는 맥주를 한 모금 넘기고 있는 김영찬에게 거래 내역서를 건넸다.

"네 것이 맞지?"

거래 내역서를 살펴본 김영찬의 표정이 딱딱하게 굳어간다.

"…이걸 어떻게 선배가 가지고 있습니까?"

"지금 중요한 건 그게 아니지 않냐? 네가 어째서 그런 이상한 놈들과 엮였느냐가 문제지. 듣자 하니 대포차까지 팔아먹는 놈들이라면서?"

김영찬이 내역서를 갈가리 찢어버린다.

촤라락!

"그냥 모른 척해주십시오."

"영철이!"

"지금 제 입장이 어떤 줄 아십니까?! 그 여자 없이는 가족들을 건사할 수 없단 말입니다! 그러니 저를 감옥에 집어넣을 것 아니라면 모른 척해주시죠."

"뭐, 뭐?! 이 새끼가 근데……!"

불같이 화를 내는 염진석과 묵묵히 고개를 묵이고 있는 김영찬, 그 상황을 가만히 지켜보던 공형진이 자리에서 일어선다.

그리곤 김영찬의 멱살을 쥐곤 얼굴에 주먹을 날린다.

퍼억!

"크억!"

꽤나 매서운 공형진의 주먹에 맞은 김영찬이 술집 바닥에 자빠져 나뒹군다.

그는 얼굴을 감싸 쥔 김영찬의 멱살을 다시 쥐곤 주먹을 불끈 쥔다.

"…이런 금수만도 못한 새끼를 봤나! 옛말에 개같이 벌어서 정승같이 쓰라는 말이 있지! 하지만 너는 지금 개만도 못한 짓을 하고 있다! 알아?!"

김영찬은 그저 입을 꾹 다물 뿐이다.

그런 그를 쥐고 흔들며 공형진이 소리친다.

"앞으로 네 자식들이 너를 보고 어떻게 생각하겠어?!"

"……."

"밥은 굶어도 자존심은 팔지 않던 너는 도대체 어디로 갔냐?!"

"죽었다고… 죽었다고 생각하십시오."

공형진은 그의 말에 두 눈을 동그랗게 뜬다.

"그래, 죽여주마! 죽어라, 이 자식아!"

김영찬은 그런 그에게 눈을 질끈 감은 채 소리친다.

"나도 힘들었단 말입니다! 죽고 싶어서, 그래서 그냥 죽는 셈 치고 한 일입니다! 그게 그렇게 잘못된 일입니까?!"

"뭐, 뭐?"

"늦은 새벽에 혼자 연구실 천장에 허리띠를 매달고 자살 시도 해본 적 있습니까?! 선배들은 그런 경험 없잖습니까!"

그제야 멱살을 쥐고 있던 손을 푼 공형진이 그의 어깨를 세게 붙잡는다.

"그래도 이 사람아, 그런 짓을 하면 어쩌자는 건데?! 인생 망치려고 작정했어?!"

"…나도 압니다! 하지만 어쩝니까?! 나는 실패한 과학자인데……!"

공형진은 고개를 가로젓는다.

"아니, 아니야. 자네는 실패하지 않았어. 내가 보증하지."

"선배 한 사람만 보증한다고 저의 통장 잔고가 늘어난답니까? 그런 동정 섞인 위로라면 차라리 하지 마십시오."

"나와 함께하세. 나와 함께한다면 자네의 통장 잔고는 걱정할 필요 없지 않은가?"

김영찬은 불현듯 고개를 들어 그를 바라본다.

"하, 하지만……."

"성공하면 된다. 실패했다고 생각하는 순간, 그 순간만 이겨내면 성공하는 거야. 그러니 나와 함께 연구해 보자고."

"선배……."

그 둘에게 염진석이 힘을 보태준다.

"나도 돕지. 자금이 필요하다면 내가 알아봐 줄게."

"진석 선배까지……."

"그렇게 감동할 필요 없어. 우리는 동문 아닌가? 동문끼리 서로 돕는 게 뭐 그리 어렵다고 눈물바람인가?"

김영찬은 두 사람을 붙잡고 참회의 눈물을 흘린다.

＊　　　＊　　　＊

　대전 동부경찰서 형사계. 양윤성과 지영숙이 마주 앉아 있다.

　지영숙이 표독스러운 눈으로 그를 바라본다.

　"빌어먹을 자식, 거둬 먹여주었더니 감히 나를 배신해?"

　"어차피 당신은 나를 토사구팽 할 것 아니었습니까? 그렇다면야 나 혼자 죽을 수는 없지."

　"…버러지 같은 새끼."

　"이 버러지를 만든 사람이 비로 당신입니다. 내가 버러지면 당신은 버러지 여왕이지요."

　"뭐, 이 새끼야?!"

　이성진은 서로를 바라보며 으르렁거리고 있는 그들에게 넌지시 질문을 던졌다.

　"그나저나 양윤성이, 네가 했던 진술을 보자면 이 여자가 대포차를 팔아서 돈을 받은 후 차를 다시 훔쳐서 되판다고 했는데 말이야. 그 건에 대해선 어떻게 생각들 하시나?"

　양윤성은 곧바로 고개를 끄덕인다.

　"물론이죠! 사실입니다!"

　하지만 그에 반해 그녀는 전혀 다른 입장을 표명한다.

　"이런 미친 자식 좀 보게?! 사람을 졸지에 사기꾼에 파렴치한으로 만드네?!"

"파렴치한 맞잖습니까?"

"뭐, 이 자식아?!"

이성진은 잡아먹을 듯한 눈으로 양윤성을 바라보고 있는 그녀에게 물었다.

"이 진술이 사실이에요, 아니에요?"

"당연히 아니죠!"

"정말 아니에요?"

"물론이죠!"

그는 슬며시 미소를 지었다.

"자꾸 그랬다간 법원에서 형량만 늘어날 텐데? 내가 당신이 자꾸 거짓 진술을 한다고 조서에 적어놓을 테니까."

"거짓말 아니에요! 그래, 증거 있어요?!"

그녀의 질문에 이성진이 시계를 바라보며 말한다.

"가만히 있어 보자……. 이제 슬슬 올 때가 다 되었는데?"

이윽고 경찰서 문이 열리며 네 명의 사내가 줄줄이 수갑을 차고 들어온다.

그런 그들을 바라보는 지영숙의 얼굴이 경악으로 물들었다.

"이, 이런 미친……!"

네 명의 사내는 지영숙을 발견하자마자 반가운 듯이 소리친다.

"사장님!"

"누, 누가 너희들 사장님이야?! 난 너희 같은 놈들 몰라!"

이성진이 익명의 제보자가 보낸 영상과 사진을 책상 위에 올려놓았다.

"누군가 대포차를 사고파는 장면을 블랙박스로 찍어서 보냈더군. 이야, 아주 기가 막히더군. 차량 키를 미리 복사해 두었다가 당연한 듯이 되찾아 온다? 세상에 이런 미친 생각을 다 하는 여자가 있었다니 그저 놀라울 따름이군."

"그, 그건……."

그는 지영숙의 신상명세서에서 생년월일을 확인했다.

"어이쿠, 나이도 많네. 올해로 마흔다섯. 이렇게 감옥에 들어갔다가 한 10년 푹 썩다가 나오면 몇 살이야? 쉰다섯? 아이고, 남들은 손자 본다고 좋아할 나이네."

"……."

망연자실한 표정의 지영숙을 바라보며 이성진이 슬며시 묻는다.

"자, 그러니 이젠 순순히 답하는 것이 어때? 이번 사건은 모두 지영숙 씨가 판을 짜고 진두지휘 한 거죠? 그렇죠?"

그녀는 결국 작게 고개만 끄덕인다.

"방금 혐의 인정하신 것 맞죠? 그렇죠?"

"네……."

이제 더 이상 도망갈 곳도 숨을 곳도 없어진 그녀는 망연자실한 표정을 짓는다.

       *        *        *

화수는 지영숙이 체포되는 것까지 확인하고 나서 경찰서 주변에서 철수했다.

자신의 얼굴이 알려지면 상당히 골치가 아파지기 때문에 인근에서 가만히 상황을 지켜보고 있었던 것이다.

그리고 그는 곧장 공형진이 있다는 술집으로 향했다.

그곳에는 눈시울이 퉁퉁 부어 있는 김영찬과 염진석도 함께 있었다.

그는 김영찬이 들으라는 듯 지영숙의 체포 소식을 전했다.

"방금 전 지영숙과 그의 일당이 모두 경찰서로 연행되었습니다. 아마 내일쯤이면 고물상 영업 정지가 풀릴 것 같습니다."

아직까지 용의선상에서 완벽히 벗어나지 못한 화수이기에 영업 정지가 풀리지 않은 생태였다.

하지만 지금은 정황상 증거와 물증까지 있으니 용의선상에서 제외될 수 있을 것이다.

이 소식을 듣고 가장 놀라는 사람은 역시 김영찬이었다.

"저, 정말입니까? 그녀가 경찰서로……."

"끌려갔습니다. 아마 며칠 내로 조사를 마치고 검찰로 송치될 겁니다."

그는 깊은 한숨을 내쉰다.

"결국… 그렇게 되었군요. 그럼 나도 어쩔 수 없이 경찰서로 끌려갈 겁니다. 그녀가 입을 다물 리 없거든요."

"아마도 그렇게 될 확률이 높겠지요."

공형진이 체념하는 그에게 묻는다.

"잠깐, 자네 그 여자의 아이를 직접 맡기로 했다고 하지 않았나?"

"…그랬지요."

"그렇다면 내가 직접 그녀를 만나서 담판을 짓겠네. 누군가는 그 아이를 맡아 주어야 고아원엔 가지 않을 것 아닌가? 남편은 애초에 누군지도 모른다면서."

"그렇긴 합니다만……."

"자네는 그저 제수씨만 설득해 놓게. 나머지는 내가 처리할 테니."

"괜찮을까요?"

"걱정하지 말라니까. 내가 알아서 처리하겠네."

이미 모든 일이 끝나가는 판국에 과연 공형진이 지영숙을 설득할 수 있을지는 조금 더 두고 봐야 알 일이다.


＊　　　＊　　　＊


동부경찰서 유치장.

사식을 들고 찾아온 공형진을 바라보며 지영숙은 탐탁지 않은 표정을 짓고 있다.

"여기엔 무슨 일로 오셨죠? 이번엔 무슨 제보를 하러 오신 건가요?"

그녀는 이번 사건의 제보자가 공형진이라고 생각하고 있었다.

하지만 공형진은 아랑곳하지 않고 자신의 얘기를 꺼내놓았다.

"딸이 있으시죠?"

"…뭐요?"

"아주 어여쁜 따님이 있다고 들었습니다. 그 어여쁜 따님이 이제는 홀로서기를 해야 한다고 하더군요. 후견인도 없어 잘못하면 보육시설에 들어가야 한다고요?"

순간, 그녀가 자리를 박차로 일어섰다.

"하고 싶은 말이 뭔데요?! 사람 오장육부를 전부 다 뒤집어 놓아야 속이 시원하겠어요?!"

"아니요. 저는 당신에게 제안을 하나 하고자 온 겁니다."

코에서 하얀 김이 뿜어져 나올 것처럼 씩씩거리던 그녀에게 공형진이 김영찬의 사진을 보여주었다.

"이 사람이 후견인으로서 자격을 가질 수 있을 겁니다. 친모가 살아 있는 경우엔 지정으로 후견인을 정할 수 있다고 들었습니다. 그렇게 되면 법적으로도 아무런 문제 없이 아이가 자랄 수 있는 것이지요."

그녀의 이해타산은 타의 추정을 불허하는 수준이다.

지영숙은 지금 그가 무슨 말을 하고 싶은 것인지 미리 간파하고 있는 듯했다.

"지금 나와 거래를 하자는 건가요? 그를 후견인으로 지명하는 대신 나 혼자 모든 것을 뒤집어쓰라는?"

"잘 아시는군요."

"허어! 이 상황에서 그런 거래를 할 생각을 하다니, 역시 박사라 다르군요."

"어떻습니까? 그 정도 유복한 가정이라면 별 상관이 없을 것 같은데요."

"하지만 그의 아내가 아이를 차별 없이 기를 것이라고 어떻게 장담하죠?"

"영찬이의 아들들은 벌써 중학교 2학년, 3학년입니다. 그 집에서 딱히 차별할 건더기가 없죠."

"그래도 남의 아이와 내 아이가 같나요? 눈칫밥을 먹이느니 차라리 거리에서 자라는 편이 나아요."

그는 가만히 그녀를 바라보다 자신의 지갑에 있는 한 노파의 사진을 보여줬다.

"이 사람 밑에서 자란다면 괜찮겠습니까?"

"할머니?"

"제 어머니십니다. 의사 아들 둘과 법관 하나, 그리고 공학

박사인 저를 키워내신 분이죠. 지금은 제 아들과 딸들이 본가와 집을 오가면서 살고 있습니다만, 조만간 그 아이들은 대학에 들어가게 됩니다. 그땐 어머니도 적적하시니 꼬마 하나 있는 것도 나쁘지는 않겠지요."

그제야 그녀의 마음이 조금 움직이는 듯했다.

"그럼 돈에 관한 문제는……."

"그건 우리가 알아서 합니다. 그러니 당신은 결정만 해주면 됩니다."

가만히 사진을 바라보던 그녀가 이내 결정을 내린다.

"…그래요. 그렇게 할게요. 대신 아이에게 상처 주지 않는다고 약속해요."

"어머니가 상당히 엄하십니다. 때문에 조금 힘들긴 하겠지만 버르장머리 없이 크진 않을 겁니다. 어쩌면 또 다른 고학력자가 나올 수도 있고요."

죄목이 한두 가지가 아닌 그녀의 상황으로 볼 때 1, 2년 안에 나오긴 힘들 것이다.

그런 상황이라면 이렇게 유복한 가정으로 보내는 것이 마음 편할 터였다.

"잘… 부탁해요."

"걱정하지 마세요. 잘 돌봐주실 겁니다."

이윽고 눈시울이 붉어진 그녀는 곧장 고개를 돌려 버린다.

"여기 면회 끝났어요!"

면회장을 나서는 그녀의 발걸음이 어쩐지 무거워 보인다.

*      *      *

결국 사건은 지영숙과 그의 일당 다섯이 일을 벌이고 특별법 위반으로 신고해 수사까지 나오도록 유도한 것으로 종결되었다.

화수의 영업 정지는 당연히 풀렸으며, 김영찬도 무사히 사회에 남을 수 있게 되었다.

대전 판암동으로 가는 차 안, 공형진의 곁에 지영숙의 딸 하진이 타고 있다.

"엄마는… 정말 안 와요?"

"엄마는 조금 멀리 가서 아마 당분간 오시지 못할 거야."

지영숙이 30대 후반에 낳은 늦둥이다.

평범하고 유복한 집안 같았으면 한창 떼를 쓰고 마음껏 어리광을 부를 나이다.

하지만 일곱 살이라는 아이에 걸맞지 않게 상당히 조용하고 의젓하다.

"…알겠어요."

그런 아이의 모습에 공형진은 가슴이 아팠다.

공형진은 앞으로 엄마 없는 아이가 어떤 모습으로 커갈지 걱정이 태산이다.

이윽고 도착한 본가, 그의 어머니는 무슨 일인가 싶어 마당을 내다본다.

"어머니, 저 왔습니다."

"아범이 이 시간에 어쩐 일이야?"

그는 하진을 어머니에게 소개시켰다.

"하진이라고 합니다."

"하진이?"

하진은 그녀에게 꾸벅 고개를 숙인다.

"정하진이고 일곱 살입니다. 원래는 꽃님반에 있었는데 지금은 어떤 반으로 갈지 모르겠어요."

공형진의 어머니는 아무것도 묻지 않고 일단 하진을 집안으로 들였다.

"그건 차차 알아보도록 하자꾸나."

"…네."

아마 공형진은 어머니에게 어느 정도 사정 설명해야 할 것이다.

하지만 최소한 지금은 그런 딱딱한 말은 필요 없을 듯했다.

"아범아, 가서 마실 것 하고 먹을 것 좀 사오너라."

"예, 어머니."

그는 곧장 마을 어귀에 있는 슈퍼로 향했다.

# 5장

마을의 새 손님

　화수가 일하는 고물상. 앞으로 삼 일간 철거 작업이 없는 관계로 그는 동네 어르신들이 맡긴 전자제품을 수리하고 있다.

　납땜인두를 가지고 고군분투하고 있는 화수에게 전희수가 이해할 수 없다는 듯이 묻는다.

　"그런 돈도 안 되는 일은 도대체 왜 하시는 겁니까?"

　"원래 내 직업이니까요. 고물상에서 중고품을 수리하는 것이 뭐가 그렇게 이상한지요?"

　"이상하죠. 차 한 대 고쳐 팔면 천만 원은 거뜬히 버는 사람이 단가 5천 원짜리 TV 하나에 하루 종일 매달리고 있잖습니까.”

“누구나 가치관은 다릅니다. 그렇게 답답하면 희수 씨도 한 대 고쳐보겠습니까? 엔지니어 출신이잖아요.”

그녀는 고개를 가로젓는다.

“차라리 사장님께서 복원시켜 놓은 자동차 부품이나 조립하겠습니다.”

“잘 생각하셨어요.”

평소엔 별다른 말을 하지 않는 그녀지만 이상하게도 가전제품을 수리할 때만큼은 답답하다는 듯이 그를 바라본다.

아마도 그녀는 화수가 돈이 안 되는 일을 하는 것이 못마땅한 모양이다.

“누가 보면 마누라인 줄 알겠네.”

동네 아낙, 그것도 뺑덕어멈처럼 인심이 아주 고약한 여편네 같은 느낌이 든다.

그렇게 한창 집중해서 라디오를 고치고 있는데, 살짝 열려 있는 대문 사이로 자그마한 머리가 보인다.

이 근방에 저렇게 나이 적은 아이는 상당히 드문 편이다.

아마도 얼마 전에 이곳으로 이사 온 하진이가 틀림없었다.

“하진아, 들어와. 훔쳐보지 말고.”

화수의 부름에 하진이 쭈뼛쭈뼛 문을 열고 들어온다.

“…정말 들어가도 괜찮아요?”

“당연하지. 아저씨가 사람이나 해칠 사람으로 보여?”

"그런 건 아니지만……."

당차다 못해 남자의 기를 팍팍 죽이는 엄마 지영숙과는 아주 딴판이다.

어딘가 모르게 항상 주눅이 들어 있는 것 같아 화수는 아이를 볼 때마다 마음이 아프다.

그런 하진에게 인형이 한 바구니 든 지수가 다가온다.

"어머, 하진이 아니니? 여긴 어쩐 일이야?"

"그냥… 아저씨가 기계를 잘 고친다고 해서 구경 왔어요."

"이걸 구경하러 왔다고?"

일곱 살배기 꼬마가, 그것도 남자아이도 아니고 여자아이가 전자제품 수리에 관심을 보인다는 것은 상당히 드문 일이다.

지수가 하진이에게 인형을 하나를 건넨다.

"이건 어때?"

"인형은 때가 타서 좀……."

그녀는 아이의 대답에 화들짝 놀란다.

"이, 인형에 때가 타서 싫다고?"

"더러워지면 보기 흉해서요."

도무지 일곱 살 아이라곤 생각되지 않는 답변이다.

"그럼 저 아저씨가 하는 일은 왜 재미있는데?"

그제야 하진은 자신이 이곳에 온 진짜 이유를 털어놓는다.

"얼마 전에 우리 집 아저씨가 과학 상자라는 것을 사주셨어요. 그런데 만들기가 좀 어려워요. 그래서 고물상 아저씨는 어떻게 조립하는지 보려고……."

과학 상자는 알루미늄으로 된 뼈대와 전기 모터 등이 들어 있는 놀이 용품이다.

하지만 구조가 상당히 복잡해서 초등학교 고학년이나 되어야 간신히 가지고 놀 수 있는 장난감이다.

어떻게 보면 그것은 단순한 장난감이라기보다는 기계의 원리를 배울 수 있는 공학 교제인 셈이다.

그런 과학 상자를 아이에게 사다 준 공형진이나 그걸 가지고 노는 하진이나 특이하고 대단하긴 마찬가지다.

"그걸로 뭘 만들고 싶은데?"

"지금 자동차를 만들고 있는데 조금 어려워요."

이윽고 하진은 조그만 가방에서 자동차 모형의 뼈대를 꺼내 화수에게 보여준다.

"이렇게 생긴 건데… 톱니와 모터를 달기가 어려워요."

그것을 바라보는 주변 사람들은 그저 어안이 벙벙할 따름이다.

"이, 이걸 네가 만들었다고?"

"네……."

자동차 공학을 공부한 희수 역시 놀라움을 금치 못한다.

"정말… 네가 만든 거야?"

"아, 안 되는 거예요?"

"아니, 그게 아니고… 대단해서."

어린 꼬마가 볼트와 너트로 무언가를 만든다는 것 자체가 놀라운 일이다.

어쩌면 하진은 이 방면으로 탁월한 재능을 가지고 있는지도 몰랐다.

화수는 하진을 희수에게로 보냈다.

"저 언니 옆에서 자동차 조립하는 과정을 지켜보렴."

"…그래도 괜찮을까요?"

무뚝뚝한 희수지만 어린아이를 내칠 정도로 까칠하진 않다.

"이쪽으로 와서 앉아."

"네."

워낙 말수가 없는 두 사람인지라 하루 종일 차고엔 적막이 흐르고 있다.

＊　　　＊　　　＊

공형진은 화수를 연구소로 데리고 오기 위해 연구진을 설득하는 중이라고 했다.

그동안은 화수가 가고 싶다고 해도 연구단지로 갈 수가 없을 것이다.

때문에 그는 계속해서 고물상을 운영하고 철거하는 일을

했다.

늦은 저녁, 철거를 마치고 돌아온 화수는 연장을 정리하고 있었다.

그런 그에게 공형진이 찾아왔다.

"계셨군요."

"오셨습니까?"

커다란 사건이 지나간 후인지라 두 사람의 관계가 조금 더 두터워진 느낌이다.

화수는 며칠 전에 본 하진의 작품에 대해 설명했다.

"하진이가 과학 상자를 가지고 저를 찾아왔었습니다. 자동차 뼈대는 다 만들었는데 안에 들어가는 동력 장치를 못 달겠다고요."

"뼈대를 다 잡았다고요?"

"원래는 자동차의 동력 장치가 되는 부분부터 뼈대를 붙여 나가야 내부의 톱니바퀴를 이을 수 있을 텐데 아직까지 거기엔 못 미치는 정도였습니다."

공형진은 화수의 얘기를 듣곤 너털웃음을 터뜨린다.

"하하하! 처음부터 아이가 조금 비상한 면이 있다고 생각은 했습니다만, 이 정도인 줄은 몰랐습니다."

"박사님께선 하진이가 원래 머리가 좋다는 것을 알고 계셨습니까?"

"우리 집 둘째가 하진이에게 조립해 준다고 어디선가 프라

모델을 사왔습니다. 항공모함의 프라 모델이었는데 그 안에
는 자잘한 조립품이 가득했지요. 고등학생인 둘째가 자주 집
에 못 오니까 하진이가 그 자잘한 것들을 혼자서 조립하기 시
작했습니다."

"허어, 그런 일이……."

공형진은 그때를 생각하면 아직도 웃음이 나는 모양이다.

"놀라움 그 이상이었습니다. 참 인상적이었지요."

"그래서 과학 상자를 그 아이에게 사다 주신 거군요."

"원래는 바비인형이나 테디베어같이 아기자기하고 예쁜
것들을 사다 주려 했습니다만, 어쩐지 인형은 싫어하더군
요."

"더럽혀지면 보기 흉해서 싫답니다."

"하하하! 어쩐지 그 아이다운 발상이군요."

세상에는 천만분의 1의 확률로 영재가 태어난다.

그들은 어느 한쪽으로 두뇌를 움직이는 데 아주 탁월한 재
능을 가지고 있는데, 대부분 그런 영재들은 IQ나 EQ가 월등
히 높은 편이다.

지금 하진이는 감성적인 면은 조금 낮은 반면 지능지수는
상당이 높은 듯했다.

"내일 하진이를 카이스트로 데리고 가서 IQ 검사를 해볼
생각입니다."

"그래도 괜찮겠습니까?"

"아마 그 아이에겐 좋은 경험이 될 겁니다. 그곳은 기계가 가득한 곳이니 하진이에겐 보물섬이나 마찬가지지요."

"으음, 그렇군요."

"만약 하진이의 재능이 지표로 나타낼 수 있을 정도로 월등히 뛰어나다면 일주일에 몇 번씩 대학으로 하진이를 데리고 다닐 생각입니다."

"좋은 생각이군요."

그는 또한 화수를 중용할 것임도 잊지 않고 있었다.

"조만간 사장님을 우리 연구실로 부를 겁니다. 계약은 계약이니까요."

"알고 있습니다. 박사님이 아니었다면 지금쯤 저는 쪽박을 찼을지도 모릅니다. 약속은 꼭 지킵니다."

과연 그의 연구에 화수가 어떤 도움을 줄 수 있을지는 모르지만, 화수가 지수의 병을 고치는 데 결정적인 단서를 얻을지도 모를 일이다.

*　　　*　　　*

대전 어은동에 위치한 카이스트의 교정.

공형진의 손을 잡은 하진이 그의 연구실로 향하고 있다.

"조금 삭막하지?"

"…괜찮아요."

카이스트의 건물들은 한눈에 보기에도 '연구'라는 말이 떠오를 정도로 화려함과는 거리가 멀었다.

과연 이런 곳에 하진이 어울릴지는 좀 더 두고 볼 일이다.

연구실에 도착하니 벌써부터 그의 제자들과 연구원들이 바쁘게 움직이고 있다.

"교수님 오셨습니까?"

"수고들 많군."

그는 자신의 뒤로 숨는 하진을 그들에게 소개시켰다.

"손님이 왔어. 하진이라고, 우리 어머니 댁에서 지내고 있는 꼬마 숙녀지."

연구원들은 난데없는 꼬마의 등장에 고개를 갸웃거린다.

"어라? 벌써 손자를 보셨습니까?"

"험험! 내 아들과 딸은 아직 고등학생이네."

"그럼……?"

"친구의 아이를 내가 잠시 맡고 있을 뿐이야. 오해는 하지 말아주게."

그제야 연구원들은 알아들었다는 듯이 고개를 끄덕인다.

하진이 자신에게 시선을 집중하고 있는 그들에게 꾸벅 고개를 숙인다.

"하진이고… 나이는 일곱 살입니다. 그리고 영선유치원 별님반에 다니고 있어요."

조금 주눅이 든 것 같은 모습이긴 하지만 자신이 할 말은 정확히 하는 하진이다.

"이야, 아이가 아주 똘똘하군요."

"그렇지? 어쩌면 우리나라의 차세대 공학도가 될지도 모를 아이야."

그는 제자들에게 하진을 맡겼다.

"하진이를 데리고 가서 지능발달지수 검사를 비롯해 여러 가지 검사를 시켜보게."

"알겠습니다."

특히나 하진에게 관심이 많은 쪽은 아무래도 여자들이다.

"그럼 검사가 끝나면 같이 데리고 다녀도 될까요?"

"그거야 본인 의사에 달린 일이지."

그녀들은 물끄러미 하진을 바라본다.

"어때?"

"…저는 상관없어요."

"그럼 오늘 교수님이 퇴근하실 때까지 함께 있는 거다?"

"네."

여느 아이들과 다르게 꽤나 성숙해 보이는 외모 때문인지 몰라도 그녀들은 하진에게 엄청난 관심을 가지고 있었다.

어쩌면 여자들의 특성상 예쁘고 귀여운 것을 좋아하기 때문인지도 모른다.

이유야 어찌 되었든 하진은 여자 연구원들의 손에 이끌려 연구실을 나섰다.

"괜찮겠습니까? 처음 보는 어른들과 함께 있으면 조금 불안할 텐데요."

그는 고개를 끄덕인다.

"괜찮아. 혼자 있는 시간이 많아서 그런지 붙임성이 좋아. 애교가 많은 편은 아닌데 포용력이 좋은 것 같아."

"그렇군요."

공형진은 하진이 어서 빨리 웃음을 되찾았으면 하는 바람이다.

*　　　*　　　*

카이스트에 위치한 제3연구동.

이곳에서 하진의 행동발달지수와 지능발달지수 등의 검사가 이뤄지고 있다.

몇 가지 문항을 주고 문제를 풀게 하는 형식도 있고 도형을 이용해 발달지수를 가늠하는 검사도 있다.

하진에게 주어진 문제는 일곱 개의 그림이 나열된 퍼즐이었다.

"하진아, 이 그림은 어떤 상황을 표현한 거야. 이걸 차례대로 나열해 볼 수 있겠어?"

"네."

그림에는 강도와 한 남자가 나오는데, 강도는 총을 들고 있고 남자는 사과와 돈을 들고 있었다.

숫자가 차례대로 쓰여 있었지만 그대로 풀이하면 도저히 상황을 풀이할 수 없을 지경이다.

하지만 하진은 곧장 퍼즐을 맞추어낸다.

"31245가 아닐까 싶은데요."

연구진들은 결과를 듣곤 적지 않게 놀라 하진을 쳐다본다.

"왜 그렇게 생각하는데?"

"그냥… 상황이 그렇게 보였어요. 남자가 사과를 주었지만 도리어 강도는 돈을 달라고 총을 내밀었어요. 그런데 남자가 울상을 하며 돈을 건네자 강도는 사과를 주고 도망가 버렸죠."

일곱 살 꼬마가 문제를 풀어낸 것도 놀라운 일이지만 그 상황을 설명해 내는 것은 더 놀라운 일이다.

최종 테스트까지 모두 마친 연구원들은 그녀의 발달지수와 IQ수치를 합산해 본다.

그러자 놀라운 결과나 나타났다.

"IQ가 170?"

흔히 IQ165 이상을 사람들은 천재로 분류한다.

하진은 그들보다도 IQ가 높은 편이었다.

입을 떡 벌리며 놀라는 그녀들을 바라보며 하진이 불안한 기색을 보인다.

"…뭔가 잘못되었나요? 일단 최선을 다하긴 했는데……"

그녀들은 황급히 표정을 바꾸었다.

"아니, 그런 것이 아니야! 하진아, 넌 천재구나?"

"제가요?"

"어머나, 이렇게 조그만 체구로 이런 결과를 낼 수 있니? 놀라울 따름이야!"

예쁘고 귀여운 하진이 머리까지 좋으니 그녀들의 사랑을 독차지하는 것은 당연한 일이다.

"테스트 결과가 좋으니 우리 쇼핑이나 하러 갈까?"

"그럴까? 하진이는 어때?"

"…저는 교수님만 괜찮다면……."

"그래, 그럼 일단 연구실로 가자."

그녀들은 들뜬 마음을 안고 연구실로 향했다.

*　　　*　　　*

한 시간의 강의를 끝내고 연구실로 들어온 공형진은 하진의 테스트 결과를 받곤 적지 않게 놀랐다.

"이, 이럴 수가! 머리가 좋은 것은 알고 있었지만 이 정도일 줄이야!"

하진은 감탄사를 연발하는 그를 바라보면서 연신 눈치를 살피고 있다.

"자, 잘한 건가요?"

그는 하진을 얼싸안고 환호성을 질렀다.

"하하하! 잘하다마다! 장하구나! 하진아, 넌 천재야, 천재!"

지금까지 단 한 번도 미소를 짓지 않던 하진의 얼굴에 웃음꽃이 핀다.

"헤헤, 다행이네요."

공형진은 지갑에서 신용카드를 꺼내어 제자들에게 건넸다.

"오늘은 하진이 데리고 나가서 맛있는 것도 사주고 옷도 몇 벌 사주게나. 자네들도 맛난 것 사 먹고."

"정말요?!"

"경사가 아닌가? 우리 동네에서 이런 인재가 발굴되었는데 말이야. 당연히 축하를 해야지."

당사자인 하진보다 그녀들이 훨씬 더 들떠서 호들갑이다.

"요즘 자꾸 아동복이 눈에 밟히더니 이런 날을 대비해서 그랬던 모양이야!"

"오늘은 그럼 마음껏 쇼핑 좀 해보자고!"

맛집 탐방과 쇼핑이야말로 여자들이 가장 좋아하는 것 중 하나다.

공형진은 어리둥절한 표정을 짓는 하진에게 말했다.

"사람이 잘한 일이 있으면 상을 받는 것이 옳아. 오늘 하진이는 잘했으니까 상을 받아야지. 그렇지?"

"…그래도 될까요?"

"물론이지. 아저씨가 그랬잖아? 그래도 된다고."

그제야 하진은 자칭 '이모들'의 손을 잡고 연구실을 나셨다.

"하진아, 가자!"

"네."

아무리 어려도 여자는 여자. 공형진은 일부러 그녀들에게 하진을 맡긴 것이다.

시키먼 남자들 틈바구니에 끼어 다니다 보면 남성적으로 변할까 싶은 것이다.

"잘됐습니다. 아이가 조금은 웃는 것 같네요."

"그러게 말일세."

여자들은 하나도 남지 않은 연구실에서 남자들만의 연구가 시작되려 한다.

\*　　　\*　　　\*

태어나 처음으로 이렇게 와자지껄한 쇼핑을 해본 하진은 얼떨떨해하면서도 표정이 밝았다.

"어머, 이 흰색 원피스 좀 봐! 딱 하진이 스타일인데?"

"입어볼까? 어때, 하진이는 괜찮아?"

"저는 원래 이런 건 잘 몰라서……."

"괜찮아. 입는 데는 돈 안 드니까."

옷을 하나 골라도 백화점이 떠나가라 떠드는 그녀들을 따라다니다 보니 하진은 자신도 모르게 어색함을 잊고 있었다.

탈의실에 들어갈 때도 하진 혼자서 들어가는 것이 아니다.

"같이 가자. 이모가 봐줄게."

"혼자서 할 수 있는데……."

"아니야. 원래 이런 건 옆 사람이 해주는 거야. 하진이도 나중에 친구와 함께 쇼핑하다 보면 자연스럽게 알게 될 거야."

두뇌 발달은 빠른 편이지만 EQ 발달은 조금 더딘 편인 하진이 이해하기엔 이 상황이 조금 거울 것이다.

하지만 포용력이 남들보다 좋은 하진이기에 그러려니 하고 이해하고 넘긴다.

원래 입고 있던 청바지와 후줄근한 티셔츠를 벗고 흰색 원피스를 입혀놓으니 인형이 따로 없다.

"어머나! 귀여워!"

그녀는 옷을 다 입힌 하진을 데리고 일행 앞으로 나간다.

"짠!"

"꺄악! 귀여워!"

하진은 도대체 그녀들이 왜 저렇게 소리를 지르는지 이해를 할 수가 없다.

"귀, 귀여운 건가요?"

"그럼! 어머, 어머! 이런 건 사진으로 찍어야 해!"

그런 하진에게 그녀들은 너도나도 핸드폰을 꺼내어 지금 이 모습을 카메라에 담기 바쁘다.

찰칵찰칵!

사진을 찍고 서로 하진에게 그 모습을 들이대며 호들갑을 떨어댄다.

"어때, 어때? 예쁘지?"

"저는 이런 건 잘 몰라서……."

"사람들은 이런 것을 보고 귀엽고 예쁘다고 하는 거야. 알 겠지?"

"네."

이후에도 그녀들은 옷을 몇 벌 더 사기 위해 백화점을 누비 고 다닌다.

*　　　*　　　*

하진은 쇼핑이라는 것이 이렇게 힘든 것인지 태어나 처음 으로 알았다.

옷을 한 벌 사면 거기에 맞는 신발과 가방, 액세서리까지 맞춰야 한다는 것도 알았다.

'너무 많은데…….'

옷을 일인당 한 벌씩 샀으니 무려 일곱 벌이나 샀다.

거기에 신발과 액세서리는 보이는 족족 사댔으니 차 트렁

크가 미어터질 지경이다.

그럼에도 불구하고 아직도 쇼핑은 끝나지 않는다.

"이제 옷을 샀으니까 머리하러 가야지?"

"머, 머리요?"

"지금처럼 긴 생머리도 예쁘지만, 러블리펌을 하면 더 예쁠 것 같아."

"어머, 러블리펌! 가자, 가자!"

"러, 러블리펌이요?"

여성스러움을 강조하는 러블리펌은 긴 머리를 가진 여성들에게 특히나 인기가 좋다.

또한 짧은 머리는 귀여움을 강조하기 때문에 단발의 여성에게도 인기 만점이었다.

하지만 이제 겨우 일곱 살이 된 하진이 그런 것을 알 리가 없다.

"어때? 하진이도 러블리펌 좋지?"

순간, 하진에게 시선이 집중된다.

"저는……."

펌을 싫어한다고 했다간 역적이 될 지경이니 하진은 거절할 수가 없었다.

"네, 좋을 것 같아요."

"어머! 그럼 다 좋은 거네?!"

"그럼, 그럼!"

그렇게 왁자지껄하게 펌이 결정되어 그녀들은 곧장 인근에 있는 미용실을 찾았다.

평일임에도 불구하고 사람이 줄을 서 있을 정도로 유명한 곳이다.

"누가 머리하실 건가요?"

그녀들은 하나같이 하진을 지목했다.

"얘요!"

"아하, 우리 꼬마아가씨가 시술을 받으실 거군요. 머리는 어떻게 해드릴까요?"

"연한 갈색으로 염색한 후에 러블리펌을 넣을 거예요. 대충 어떤 식인지 아시겠죠?"

"여신 같은 스타일을 원하시는군요?"

"네, 맞아요!"

여신이라니? 신이라는 단어 자체를 들어본 적이 없는 하진으로선 도저히 그 이미지가 머리에 그려지지가 않는다.

스타일리스트가 그녀들을 모두 소파가 있는 곳으로 안내했다.

"이곳에 짐을 놓고 대기해 주십시오. 머리가 완성되면 알려드리겠습니다."

"네, 알겠어요."

난생처음으로 이렇게 큰 미용실에서 머리를 하는 하진으로선 그저 얼떨떨할 뿐이다.

＊　　　＊　　　＊

쇼핑을 하는 것도 진이 빠질 지경인데, 머리를 하는 것은 그것보다 훨씬 더 큰 에너지 소비를 필요로 했다.

염색을 하는 것으로 모자라 영양 공급, 두피 마사지 등 펌을 하기 전의 사전 준비 역시 만만치 않았다.

미용실에 들어선 지 어언 세 시간. 이제야 슬슬 펌을 시작하려 한다.

그럼에도 불구하고 그녀들은 여전히 수다를 떠느라 정신이 없다.

"…그래서 그 남자와 어떻게 되었는데?"

"슬슬 간을 보고 있는 중이지."

"어머! 기지배, 재긴!"

도대체 저 여자들이 무슨 소리를 하는지도 모르겠고, 하진은 머리에 파마 약을 묻히고 앉아 과학 잡지를 읽고 있다.

그나마 과학 잡지엔 하진이 좋아하는 로봇이나 기계들이 많이 나와서 흥미를 끌기 때문이다.

하진은 오늘 미용실에 들어와 두 개의 과학 잡지를 벌써 스무 번도 넘게 보았다.

펌을 하는 데 무려 두 시간이 걸린다고 했으니 아마 이번에도 과학 잡지를 열 번은 정독해야 할 듯싶다.

그러다 문득 하진에게 그녀들이 묻는다.

"그나저나 하진이는 왜 그렇게 기계들이 좋아?"

"…튼튼하고 때가 안 타잖아요."

"때가 안 탄다는 건……."

"기계는 더러워질 일이 별로 없어요. 저는 인형이나 옷이 더러워지는 건 별로 좋지 않아요. 그래서 만약 할 수 있다면 아이언 맨 같은 슈트를 입고 다니고 싶어요."

하진의 대답에 그녀들은 또다시 너스레를 떤다.

"하진이도 메카닉 마니아구나? 그런 사람들이 종종 있지. 그린 사람들이 커서 공학자가 되는 거야."

"공학자요?"

"지금 네가 보고 있는 잡지에 나온 물건들을 만드는 사람들을 두고 공학자라고 해."

"그럼 나도 언젠간……."

두근두근!

일곱 살 하진의 가슴이 두근거린다.

"그래, 너도 언젠간 공학자가 될 수 있어. 하지만 그렇게 되려면 공부를 열심히 해야겠지? 박사님 말씀도 잘 들어야 하고. 박사님은 공학자 중에서도 최고이시니까 그분을 잘 따라가야 해."

하진은 자각하고 있지 못하지만 그녀가 공형진을 유난히도 잘 따르는 것은 그가 공학자이기 때문이다.

그녀는 자신의 꿈을 이룬 사람에게서 본능적인 이끌림을 느끼고 있었던 것이다.

그리고 어쩌면 하진은 그런 공형진 같은 아빠를 원하고 있었는지도 모를 일이다.

이윽고 두 시간이 다 지났다는 알람이 울렸다.

따르르릉!

"다 되었습니다. 이쪽으로 오시죠."

그녀는 머리를 감기고 영양제까지 투여한 후 머리카락을 말려주었다.

잠시 후, 그녀들이 탄성을 내지른다.

"우와! 아역 배우 같아!"

"그러게!"

그럼에도 불구하고 거울을 바라보는 하진의 머릿속엔 오로지 공학에 대한 생각뿐이다.

*　　　*　　　*

쇼핑을 끝내고 저녁 여덟 시가 되어서야 집으로 돌아온 하진을 바라보며 가족들은 손뼉을 치며 환호한다.

"우와! 이게 도대체 누구야?!"

"하진이 완전 예뻐졌다!"

"그래, 하진이 정말 예쁘구나."

늦은 저녁을 먹고 있던 공형진 역시 하진을 바라보며 박수를 쳤다.

짝짝짝!

"이야, 우리나라에서 미모의 공학도가 나올 수도 있겠는데?"

"…아저씨가 보기에도 예뻐요?"

"그럼!"

공형진의 모친이 그의 어깨를 두드리며 말한다.

"아범이 오랜만에 장한 일을 했구나."

"오, 오랜만이라니요. 최근엔 계속 좋은 연구 성과를 내고 있습니다만?"

"인간적인 일에 소홀한 아범이 아니냐. 그런 것을 생각하면 오늘 한 일은 최근에 아범이 한 일 중에 가장 장하구나."

"하긴, 아빠가 요즘 가정에 소홀하긴 했지."

"그, 그랬던가?"

위대한 공학자라도 가정에 충실하지 못하면 구박을 받게 마련인 모양이다.

"…이젠 옷을 좀 벗어도 될까요?"

가족들의 대화가 끝나자 하진은 벌써부터 옷을 벗겠다고 난리다.

"예쁜 옷 입고 있으면 기분이 좋지 않아?"

공형진의 딸 민주가 묻자 하진은 고개를 갸웃거린다.

"…만약 이게 예쁜 옷이라면 그렇지는 않은 것 같네요."

하진의 한마디에 가족들이 모두 너털웃음을 터뜨린다.

"하하하하!"

"하진이는 아무래도 여성스러움과는 거리가 먼가 봐."

"뭐 어때? 예쁘면 장땡이지."

"장땡?"

"그런 게 있어."

한결 예뻐진 하진 덕분에 집안의 분위기가 오랜만에 화기애애해진 듯하다.

**6장**

새로운 사업을 펼치다

영업 정지가 풀리고 난 지 2주일이 지났다.

한바탕 폭풍이 휩쓸고 지나간 후엔 자동차를 내놓는 족족 날개 돋친 듯 팔려 나갔다.

덕분에 화수의 사무실은 상당히 바쁘게 돌아가고 있었다.

"오전에 아우X A6 한 대와 벤X의 c350이 탁송될 예정입니다."

"도장과 도색은요?"

"끝났습니다. 실내 인테리어에 필요한 기본적인 것들도 갖추어놓았습니다."

꽤나 고급차를 판매하는 만큼 옵션과 인테리어에도 상당

히 신경을 쓰는 화수다.

그는 단순히 차만 판매하고 말 것이라면 이렇게까지 신경을 쓰지 않을 것이다.

화수는 자신이 판매하는 자동차에 대한 믿음을 심어주고자 했다.

그런 노력 덕분에 지금은 대전에서 가장 신뢰받는 중고 수입차 딜러가 되었다.

이윽고 사무실에 한 통의 전화가 걸려온다.

전희수가 전화를 받았다.

"예, 지수자원입니다."

─수고하십니다. 자동차 판매 때문에 문의 좀 드리려고 전화 드렸습니다.

"차종이 어떻게 되죠?"

─미국에서 수입한 대형 캠핑카입니다.

"캠핑카요?"

고개를 갸웃거리는 그녀. 화수는 그녀에게 전화를 바꾸어 달라고 손짓했다.

"감사합니다. 지수자원의 강화수라고 합니다. 캠핑카를 파시겠다고요?"

─네, 그렇습니다. 길이 10미터 급의 대형 캠핑카입니다. 형식은 정박식이고요.

"그렇다면 트레일러가 있어야겠군요."

―3,500㏄급 SUV만 있어도 충분히 매달고 달릴 수 있습니다.

"흐음, 캠핑카라……. 차량 상태는 어떠한지요? 아시는지 모르겠습니다만, 저희는 단순히 중고차를 매매하는 곳이 아닙니다. 주로 폐차 직전의 차를 구매합니다."

―알고 있습니다. 하지만 제가 워낙에 가격을 좋게 받아온 차라서 싸게 파려고 전화드린 겁니다. 정비를 봐야 할 부분도 많고요. 전자 계통에 문제가 좀 있어서 중고차 딜러들은 잘 사려고 하지 않는군요.

중고 캠핑카를 취급할 수 있을 정도로 넓은 공간을 가지고 장사하는 딜러는 그리 많지 않았다.

더군다나 캠핑카의 수요를 생각해 볼 때 일반적인 딜러는 취급을 할 엄두를 내지 못한다.

화수는 일단 차를 보고 생각해 보기로 한다.

"지역이 어디시죠? 차를 한번 보고 판단하겠습니다."

―충남 연기군입니다.

연기군이면 대전에서 30분도 채 걸리지 않는 거리다.

"좋습니다. 지금 출발할 테니 차를 보고 얘기하시죠."

―알겠습니다.

전화를 끊은 화수에게 정희수가 고개를 갸웃거리며 묻는다.

"캠핑카는 사서 어디에 쓰려고 그러십니까?"

"어디에 쓰긴, 고쳐서 팔든지 임대를 하든지 해야지요."

그녀는 역시 대수롭지 않게 수긍한다.

"알겠습니다. 다녀오시지요."

"네, 그럼."

화수는 바로 충남 연기군으로 향했다.

*         *         *

미국에서 물 건너왔다는 캠핑카의 상태는 생각보단 좋은 편이었다.

"일단 외관은 좋군요."

"미국에서 이곳으로 가져오면서 외관을 깔끔하게 수리했거든요."

그는 미국에 있는 사촌이 부도가 나면서 빚 대신 캠핑카를 받았다고 한다.

"어차피 빚 대신 받은 것이라서 적당한 가격만 받으면 그냥 팔 생각이었습니다. 하지만 거래 자체가 잘 이뤄지지 않더군요."

"이런 대형 캠핑카는 어지간해선 개인이 소장하기 힘들지요. 보관할 곳도 마땅치 않고 가격도 만만치 않으니까요."

"더군다나 전자 계통이 거의 먹통이라서 제값을 받기도 힘들 것이라고 하더군요."

화수는 그제야 그가 왜 자신에게 전화를 한 것인지 알 것 같았다.

"가격이 안 맞아도 일단 팔아야겠다고 생각하신 거군요."

"고철 값 수준만 아니라면 판매 의사가 있습니다. 생각보다 연식도 좋거든요."

캠핑카의 등록증을 보면 이 차가 언제 만들어졌고 언제 구매되었는지 나온다.

화수는 등록증을 확인해 보았다.

[2009년 12월 1일.]

"5년이라……. 연식은 그다지 나쁘진 않군요."

"사촌이 빚 독촉에 시달리다 결국엔 도피 생활을 했답니다. 그때 이것을 집으로 삼았다고 하더군요. 무슨 이유인지는 몰라도 그때 전자 계통이 아예 먹통이 되어버린 것 같습니다."

외관상으론 도저히 문제가 있을 것 같지가 않은 캠핑카이다.

"겉으로 봤을 땐 멀쩡한데 말이죠."

"그러게 말입니다."

화수는 그에게 받고 싶은 가격을 물었다.

"차 값은 얼마쯤 생각하십니까?"

"원래는 적어도 천만 원은 받을 수 있지 않을까 했습니다만, 이젠 그것도 자신이 없군요."

화수는 문을 열어 캠핑카의 실내 인테리어와 부대시설을 살펴보았다.

2층 복층 침대에 화장실, 냉장고, 싱크대, 샤워 시설, 거기에 에어컨과 난방 시설도 갖추어져 있다.

"세탁기만 있으면 정말 사람이 살아도 되겠군요."

"그렇습니다. 히피족들은 집 없이 이런 캠핑카에서 살기도 하니까요."

화수는 일부러 가격을 낮게 불렀다.

"600만 원에 구매하겠습니다."

"네?! 그건 너무 낮은데요?"

"국산도 아니고 미국에서 건너온 물건을 제값을 주고 살 수는 없죠. 더군다나 전자 계통이 아예 먹통이라면 설비를 다시 해야 할 수도 있는걸요."

"으음."

한참 고민에 빠져 있던 판매자가 이내 흥정을 붙인다.

"그럼 900만 원에 구매해 주시오."

"너무 비쌉니다.

"그럼 850만 원?'

"650만 원 어떻습니까?'

"800만 원에 해주시죠."

화수는 최종적으로 자신이 구매할 가격을 못 박았다.

"그럼 700만 원에 주시죠. 이 후엔 그 어떤 항의도 하지 않겠습니다."

이 정도면 서로 적당히 양보한 셈이다.

"후우, 좋습니다. 700만 원이라도 받는 것이 어딥니까? 팔 겠습니다."

"가시죠. 이전 등록부터 해야 할 것이 많습니다. 돈도 받으 셔야 하고요."

"그러시죠."

화수는 트럭에 캠핑카를 매달고 대전으로 향했다.

*       *       *

이전 등록을 모두 마치고 난 후 화수는 고물상으로 돌아와 이 차에 어떤 문제가 있는지 점검해 보았다.

외부에서 전기를 끌어다 쓰는 견인 캠핑카이기 때문에 일 체형 캠핑카보다 다소 많은 설비를 집어넣을 수 있었다.

하지만 그런 조건은 일반적인 집과 비슷한 조건이기 때문 에 전기 배선 하나만 잘못되어도 전력 공급이 끊어질 수 있었 다.

화수는 전력계를 들고 다니면서 이곳저곳에 집게와 점검 용 침을 찔러보았다.

"으음, 아무래도 차를 뜯어봐야 할 것 같군."

그는 차량의 겉면을 모두 뜯어내 내부에 무슨 일이 생겼는지 확인해 보기로 했다.

지붕부터 차근차근 차량을 분해시키는데 얼마 지나지 않아 벌써부터 시커멓게 그을린 자국들이 발견되었다.

"과부하가 걸려서 전선이 녹아버린 건가?"

도피 생활을 하면서 이곳에서 숙식을 모두 해결했다고 하더니 그때 뭔가 일이 잘못되어 과부하가 걸려 버린 모양이다.

천천히 차량을 모두 해체하고 보니 아예 대부분의 회로와 전선이 녹아내렸음을 알 수 있었다.

"골치깨나 아프겠군."

배선과 회로를 다시 연결하는 것은 생각처럼 그리 간단한 일이 아니다.

특히나 캠핑카처럼 생소한 환경에선 더더욱 그럴 수밖에 없다.

그 모습을 바라보며 전희수가 고개를 가로젓는다.

"그냥 폐차시키는 것이 나을 뻔했습니다."

"후후, 우리가 언제 폐차시키는 것이 나을 뻔한 차를 받지 않은 적 있습니까?"

"그건 그렇지요."

화수는 차를 뒤뜰로 끌고 와서 본격적으로 회로 작업에 착수했다.


금속 부품이 마모되거나 노화되어 차량에 문제가 생긴 것이 아니기 때문에 이것은 마나 용광로를 사용해 복구할 수가 없었다.

그렇다면 화수가 새롭게 회로와 배선을 정비해야 한다는 뜻이다.

"이건 팔아먹을 수 없겠군."

전력 수급이 어렵다면 스스로 전력 수급을 하도록 만들면 그만이다.

화수는 차량의 하부를 뜯어내 아예 처음부터 전선을 깔아 나갔다.

구리로 만든 전선은 마나코어의 영향을 받으면 유기적으로 변하기 때문에 곳곳에 작은 마나코어만 다시 설치해 줘도 전력 수급엔 문제가 없을 것이다.

그는 가장 먼저 전등의 안정기가 들어갈 자리에 차근차근 손톱만 한 마나코어를 장착했다.

그리고 그곳에서부터 전선을 쭉 빼내어 중앙 제어를 하게 될 마나코어에 연결했다.

팟!

마나코어에 닿자마자 형광등에서 밝은 빛이 뿜어져 나온다.

중앙 제어 마나코어가 1차로 대기 중의 마나를 흡수해서 전선으로 그것을 흘려보내면 작은 마나코어들이 그 마나를 받아서 전구에 공급하게 된다.

그렇게 되면 2중으로 마나를 전달하게 되기 때문에 전력이 보다 효율적으로 전달된다.

2중으로 마나코어를 설치하였기 때문에 그 효율은 열 배 정도 향상될 수 있다.

이어 그는 냉장고와 에어컨에 전선을 이어나갔다.

화수는 이 두 개에는 따로 작은 중앙 제어 마나코어를 연결시켰다.

전력을 가장 많이 필요로 하는 전자기기이기 때문에 잘못하면 금방 방전이 되어버리는 사태가 벌어질 수도 있기 때문이다.

그러니까 이 차에는 벌써 20개가 넘는 마나코어가 들어가는 셈이다.

"이걸 돈을 받고 팔면 한도 끝도 없겠군."

지금까지 마력을 수련하면서 만들어낸 마나코어가 여분으로 남아 있어서 다행이지 그렇지 않았다면 이런 수리는 꿈도 꿀 수 없었을 것이다.

전선을 거의 다 연결하고 난 후 화수는 천장에 달려 있던 철판을 걷어냈다.

그는 이곳에 얼마 전에 철거 현장에서 가지고 온 태양열 발전기를 달 생각이다.

초소형 발전기를 돌리던 장치라서 차에 장착해도 그다지 문제가 되지는 않을 것이다.

이것을 차의 선미에 하나, 중간에 하나, 후미에 각각 하나씩 설치했다.

배터리 형식으로 된 태양광 발전기는 50W의 전력으로 선풍기를 다섯 시간 동안 쉬지 않고 돌릴 수 있다.

화수는 이것을 선풍기와 핸드폰 충전 케이블, 그리고 기타 옵션에 연결하기로 했다.

그리고 전선 두 개를 중앙 제어 코어로 연결시켜서 혹시나 중앙 제어 코어가 방전될 때를 대비하기로 했다.

아침부터 시작한 작업은 무려 밤 9시가 다 되어서야 삼분의 일가량이 끝났다.

"역시 쉽지가 않군."

이제 전선을 정리하고 자동차를 다시 조립할 차례다.

하지만 아무래도 오늘은 도저히 작업을 이어나갈 수 없을 듯하다.

그는 자동차에 덮개와 비닐을 씌워놓은 후 집으로 향했다.

＊　　　＊　　　＊

너무 오래 집중을 해서 그런지 시간 가는 줄 모르던 화수는 지수의 걱정스러운 전화를 받으며 집으로 향하고 있다.

—왜 이렇게 전화를 안 받아?

"일 좀 하느라고. 걱정 많이 했어?"

—당연하지. 사람이 집에 안 들어오는데 걱정을 안 하겠어?

어쩐지 미안해지는 화수다.

"미안해. 다음부턴 전화 꼭 받을게."

—제발 좀 그래줘. 이래서 어디 사람이 불안해서 살겠니?

그녀는 아직도 화수를 보면 물가에 내어놓은 아이 같다고 말하곤 한다.

화수가 나이를 얼마나 먹던 그녀에겐 아직 꼬마와 같이 느껴지는 것이다.

"그럼 내가 미안하니까 술 한잔 살까? 치맥 어때?"

—치킨? 그래도 괜찮겠어?

"이제 삼촌댁에 돈도 계속 보내드리고 있고 빚도 천천히 갚아나가는 중이야. 그러니 치킨 한 마리쯤은 먹어도 상관없어."

아직 성공이라고 말하긴 힘들어도 이젠 먹고 싶은 것은 마음껏 먹어도 될 정도의 재력은 되었다.

그럼에도 불구하고 지수는 조금 망설이는 기색이다.

—에이, 아니야. 괜히 치킨 같은 것을 먹었다간 살찌지.

"괜찮아. 누나가 뚱뚱보가 되면 내가 평생 데리고 살게."

—징그러운 소리 하고 있어.

"하하! 아무튼 치킨 사간다?"

—알겠어. 그럼 올 때 맥주도 사와.

"그래."

마음 같아선 그녀를 지금이라도 시집보내고 싶은 마음이 굴뚝같은 화수이지만 현실적으로 그것이 가능할 리가 없다.

어떤 남자든 맞는 짝을 찾아볼 수는 있겠지만 결정적으로 지수가 지금 자신감을 잃어서 연애는 무리일 것이다.

'나중에 내가 돈 많이 벌어서 좋은 짝 찾아줘야지.'

지금 화수가 하루 종일 뼈 빠져라 일하는 이유 중 하나는 바로 지수를 온전한 집에 시집을 보내기 위해서이다.

만약 자신 혼자 살아가는 삶이었다면 진즉 빚만 갚고 초야에 파묻혀 마도학이나 연구했을지도 모른다.

화수는 이런저런 생각을 하면서 고물상에서 집으로 가는 고갯길 옆으로 발길을 돌렸다.

판암동에서 용운동으로 넘어가는 길에는 번화한 대학가가 위치해 있다.

이곳에선 늦게까지 치킨을 팔기 때문에 가는 길에 사가려는 요량이다.

"치킨 반반으로 한 마리 주십시오."

"머스타드는요?"

"넣을 수 있는 것은 다 넣어주십시오."

치킨을 주문해 놓은 화수는 지수가 좋아하는 레몬 맛 맥주 1.7L 두 병을 샀다.

이윽고 치킨과 맥주를 사서 집으로 돌아가는 화수의 양손이 꽤나 묵직하다.

"좋아하겠지?"

월급을 탄 아버지들이 자식들에게 먹일 야식을 사들고 퇴근하는 기분이 딱 이러할까?

그는 왠지 모를 뿌듯함을 느낀다.

아마도 이 세상의 남자들이 죽어라 돈을 버는 이유는 이런 뿌듯함을 느끼기 위함이 아닐까 싶기도 한 화수다.

고개를 하나 넘고 이제 작은 언덕만 지나면 집이 보일 것이다.

"멀긴 멀구나."

이런 거리를 지수가 다니기엔 무리일 듯하다.

여유가 생긴다면 집을 조금 낮은 지대로 옮기는 것이 좋을 것 같기도 하다.

동네 어귀에 다다른 화수의 걸음이 조금 빨라지기 시작했다.

치킨은 식으면 딱딱해서 자칫 맛이 없을 수도 있기 때문이다.

"식으면 안 되는데."

자연스레 종종걸음이 된 화수가 집으로 들어가려는 바로 그때였다.

끼익, 끼익!

마치 새가 시름시름 앓는 듯한 소리가 들린다.

"이게 뭔 소리지?"

대문 아래로 지나가는 메마른 배수로에서 소리가 들려오는 것 같았다.

일단 화수는 치킨을 집에다 놓아두고 나오기로 했다.

"누나, 나 왔어!"

"화수 왔니?"

슬리퍼를 신고 화수를 마중 나온 그녀에게 화수는 치킨을 건넸다.

"이것 좀 받아."

"어디 가?"

"저 아래 하수구에 뭔가 있는 것 같아서."

평상에 치킨 봉지를 놓아둔 지수가 화수의 뒤를 따른다.

"무슨 일인데?"

"새인 것 같기도 하고 고양이인 것 같기도 하고. 아무튼 많이 아픈 것 같더라고."

이윽고 화수는 신발을 벗고 배수로에 발을 담갔다.

"어디 있는 거지?"

핸드폰 불빛으로 배수로 안을 비추자 눈이 절반쯤 감긴 올빼미가 보인다.

"웬 올빼미가?"

"올빼미?"

가끔 용운동 산자락에선 야생동물이 출현하곤 하는데 올

빼미를 본 것은 처음이다.

화수는 시름시름 앓고 있는 올빼미를 두 손으로 조심히 건져 올렸다.

삐익, 삐익.

두 손에 간신히 잡힐 정도로 작은 올빼미는 척 보기에도 상태가 많이 좋지 않았다.

"어쩌지?"

"일단 방으로 옮겨서 상태를 지켜봐야 할 것 같아. 이대로 두면 그냥 죽을지도 몰라."

남매는 올빼미를 방으로 옮겼다.

*　　　*　　　*

전생에 각가지 동물로 마나코어 실험을 하던 화수이기 때문에 지금 이 상태가 어느 정도인지 가늠할 수 있을 것 같았다.

"아사 직전인 것 같은데? 날개가 꺾여서 사냥을 할 수 없나 봐."

올빼미의 한쪽 날개는 뒤로 심하게 꺾여 있었으며, 그 상태에서 다시 한 번 왼쪽으로 뒤틀려 있었다.

날개가 힘없이 축 늘어진 것은 아마도 뼈가 부러졌거나 신경을 다쳤기에 그럴 것이다.

"이젠 어떻게 하지?"

"야생동물협회에 전화를 하든 무슨 수를 내야 하는데 지금 이 상황에서 그들이 이곳까지 올 수 있는 여건이 될지 모르겠네."

화수는 방금 전에 사온 닭고기를 조금 떼어내 올빼미의 입에 넣어주었다.

그러자 녀석은 허겁지겁 그것을 먹어치운다.

"정말이네. 배가 고파서 그렇게 힘이 없었던 모양이야."

"그나마 배수로에 물이 조금씩 흘러서 탈수는 면했을 테지."

닭 한 조각을 먹어치운 새끼 올빼미는 그대로 다시 축 늘어져 버렸다.

"이대로 조금 두고 보자고. 내일쯤엔 협회에 신고할 수 있을 테니까."

"그래, 알겠어."

눈을 감고 숨을 내쉬는 것을 보면 잠에 빠져드는 것 같다.

남매는 그제야 치킨과 맥주로 목을 축였다.


올빼미가 화수에게 발견된 지 이틀째.

동물보호협회에선 당분간만 올빼미를 데리고 있어달라고 부탁했다.

그는 어쩔 수 없이 올빼미를 집에 둘 수밖에 없었다.

"객식구가 생겼군."

삐익.

이제 막 솜털을 벗은 녀석이라 그런지 사람이 주는 먹이도 곧잘 받아먹는다.

그 탓에 화수만 부양할 식구가 늘어난 셈이다.

"운이 좋은 녀석이군. 그래, 일주일만 지내다 가라."

출근하기 전에 화수는 녀석의 상태를 살펴보았다.

뒤로 꺾인 날개는 다시 움직일 생각을 하지 않는다.

이대로라면 야생으로 돌아간다고 해도 제대로 먹이를 먹으며 살 수 없을 것이다.

"큰일이군."

이래선 동물보호협회에 보내도 철창신세를 면하기 힘들 것이다.

지수는 화수에게 올빼미의 정밀 진단을 부탁했다.

"네가 출근하는 길에 데리고 갔다가 점심시간에 정밀 진단을 받게 하면 안 될까?"

"사람도 아니고 올빼미를?"

"불쌍하잖아."

기껏 해봐야 화수의 주먹만 한 올빼미는 간절한 눈으로 그를 바라보고 있다.

삐익.

"짜식, 불쌍한 척하긴."

그는 올빼미를 한 손으로 집어 들었다.

"알겠어. 일단 병원에 데리고 가볼게."

"만약 치료가 필요하다면 해주었으면 좋겠어. 그래서 생명인데."

"그래, 내가 주웠으니 치료도 내가 해야지. 아무튼 다녀올게."

화수는 올빼미와 함께 고물상으로 출근했다.

*        *        *

점심시간을 이용해 찾은 은행동의 대형 동물병원에서는 올빼미의 상태를 이렇게 진단했다.

"날개 내부에서 복합 골절이 일어나서 신경을 못 쓰게 되었습니다."

"그렇다는 것은……."

"수술을 해봐야 날 수가 없다는 뜻이지요."

"한마디로 불구가 되었다는 소리군요."

"그렇습니다. 애석하게도 녀석은 앞으로 먹이 사냥과 같은 활동은 못할 것 같습니다."

"방법이 없겠습니까?"

"화타가 살아 돌아온다고 해도 그럴 수는 없을 겁니다. 우리가 할 수 있는 것은 그저 외형이나마 제대로 남을 수 있도록 부목을 대주고 뼈가 붙기만을 기다리는 것이지요."

"이런⋯⋯."

"그나마 다행인 것은 영양 상태가 생각보단 나쁘지 않다는 겁니다."

"사람이 먹는 고기를 먹였습니다. 지렁이와 같은 것보다는 낫겠죠."

의사는 골절 이외에 다른 증상이 있는지 살펴보았다.

"피부병도 없고 그 밖에 외상도 없네요. 진드기도 없는 편이고 면역력도 나쁘지 않아요. 만약 사회에서 계속 키우신다면 예방접종을 하고 영양제 등을 챙겨 가십시오."

앞으로 화수가 이 녀석을 키우지는 않겠지만 누군가 데리고 가서 보호해 줄 것이다.

그렇다면 놈을 주워준 사람으로서 예방접종 정도는 해줘야겠다고 생각했다.

"좋습니다. 주사나 놔주십시오."

"알겠습니다."

"아참, 그리고 닭고기는 가급적이면 먹이지 마십시오. 잘못했다간 조류독감에 걸릴 수도 있어요. 최근 양양에서 조류독감이 발발했다고 하더군요."

"그렇군요. 주의하겠습니다."

화수는 올빼미에게 몇 가지 주사를 접종시킨 후 다시 고물상으로 돌아갔다.

전희수가 왼쪽 날개에 붕대를 칭칭 감은 올빼미를 바라보며 고개를 갸웃거린다.

"웬 새입니까?"

"어쩌다 보니 일주일 동안 데리고 있게 됐습니다."

"별일이군요. 새를 좋아하시는 줄은 몰랐습니다만."

"딱히 좋아하는 것은 아닙니다만, 책임을 질 수밖에 없게 되었군요."

그녀는 대수롭지 않게 새를 지나쳐 간다.

"새똥은 살 지우셔야 합니다. 요즘 차를 구매하기 위해 사람들이 많이 찾아오고 있으니까요."

"물론이지요."

"아참, 그리고 깃털이 빠지는 것도 주의해 주십시오. 깐깐한 고객들은 트집을 잡을 수도 있어요."

"그렇게 하지요."

최근 들어 전희수의 잔소리가 점점 늘어만 가는 것 같다.

그녀가 떠난 후 화수는 날개를 다친 녀석을 가만히 바라보았다.

"너도 날개를 잃었구나. 우리 누나도 날개를 잃었는데."

삐익?

녀석의 날개를 뚫어져라 쳐다보던 화수가 불현듯 무릎을 쳤다.

"잠깐. 이렇게 된 김에 실험을 한번 해보면……?"

일전에 화수는 마도병기를 개발했을 때 두 가지 가설을 두고 실험을 진행했다.

한 가지는 사람의 심장에 직접 마나코어를 이식하는 것, 그리고 또 하나는 곱게 간 마나코어를 혈관에 주입시켜 심장으로 유도하는 것이다.

결국 사람의 심장에 마나코어를 직접 주입하는 방식으로 군단을 꾸리게 되었지만 그 고통은 상상을 초월했다.

당시엔 마나코어 가루를 인체에 융합되도록 하는 약물이 존재하지 않았기 때문에 고통을 감수하면서까지 직접 심장을 드러냈다.

하지만 이젠 그럴 필요가 없어졌다.

신체에 흡수가 빠른 포도당이라는 것이 용액화되어 존재하기 때문이다.

"그렇지. 어쩌면 조금 더 쉬운 방법으로 누나를 치료할 수도 있겠군."

어차피 이 녀석은 앞으론 날 수가 없는 운명에 처해 있다.

그렇다면 도박하는 심정으로 마나코어를 몸속에 투여해서 상처 부위를 치료할 수도 있을 것이다.

게다가 이 실험이 실패한다고 해도 녀석에겐 나쁠 것이 없다.

마나코어도 마나로 만들어진 것이기 때문에 몸에 좋으면

좋지 나쁘지는 않다.

"그래, 한번 해보자."

화수는 녀석을 치료할 차비를 했다.

*     *     *

캠핑카가 완성되고 난 후 화수는 이것을 어떻게 쓸 것인가 많이 고민했다.

우선은 중고 캠핑카를 판다는 공고를 냈다.

하지만 이 찟까지 한국에서 캠핑카를 직접 소유하겠다는 개인이나 전문 매입상은 존재하지 않았다.

그렇다면 방법은 하나다.

올빼미를 옆에 태운 화수는 충남 서천으로 향했다.

최근 들어 화수가 빚을 갚아준 덕분에 신수가 훤해진 휘찬이 화수를 동네 어귀까지 마중을 나왔다.

"화수 왔구나!"

"예, 삼촌. 잘 지내셨죠?"

"그럼, 잘 지내고말고."

이제 그에게 송금할 돈도 그리 많이 남지 않았다.

때문에 화수는 조금 홀가분한 마음으로 그에게 부탁을 할 수 있었다.

"네가 부탁한 부지는 춘장대 인근이야. 아마 경치가 마음에 들 거다."

"감사합니다. 괜히 저 때문에 고생하신 것은 아닌지 모르겠네요."

"별소릴 다하는구나. 그래봐야 동네 친구에게 땅 조금 빌리는 건데."

"아무튼 감사합니다."

"하하, 그래. 일단 가자꾸나. 놈이 기다리고 있을 거야."

진우와는 중학교까지 함께 다닌 부동산업자 정재익은 춘장대 입구에서부터 화수를 기다리고 있다.

"오오, 네가 화수구나. 많이 컸는데?"

"안녕하십니까?"

"그래, 오랜만이지?"

"그러게 말입니다. 자주 찾아뵈어야 하는데 죄송하게 되었습니다."

"하하, 별말을 다 하는구나."

진우의 장례식이 끝나고 나선 한 번도 못 본 정재익이지만 꽤나 친숙하게 그를 맞이했다.

"우선 부지를 좀 볼까? 내가 진우의 아들이 온다고 해서 특별히 좋은 곳으로 뽑아놓았다. 마침 땅 주인도 나에게 빚이 좀 있어서 임대료도 상당히 저렴하게 협상해 두었고."

"감사합니다. 그렇게까지 신경을 써주시다니……."

"그런 소리 마라. 친구 아들에게 그런 소리를 들으니 조금

섭섭하구나."

학창 시절에 워낙 친구들과의 관계가 두텁던 진우이기에 사후엔 화수가 그 덕을 보는 모양이다.

재익이 소개시켜 준 부지는 바다가 한눈에 들어오는 곳으로, 주변에는 화장실과 수도 시설을 이용할 수 있는 환경이 조성되어 있었다.

"어때? 캠핑카 대여 사업을 한다고 하기에 내가 며칠 전부터 점찍어놓은 곳이야. 주인장이 안 내준다는 것을 내가 아주 달달 볶아서 받아냈지."

"최고입니다! 이런 부지를 구하려면 최소한 한 달은 발품을 팔아야 할 텐데……."

"동네가 좁아서 좋은 점이라면 바로 이런 것이라고나 할까? 자네 선친이 쌓아놓은 은덕이라고 생각해."

"감사합니다. 정말 감사합니다."

"감사는 무슨. 그럼 일단 토지임대계약서를 쓰자고. 대략적인 것은 내가 다 작성해 놓았으니 서명한 하면 될 거야. 그리고 혹시나 모르니까 계약서 원본 사진 찍어두는 것도 잊지 말고."

"예, 알겠습니다."

화수의 새로운 사업이 이곳에서 시작되려 한다.

**7장**

호시절로

계절은 이제 막 여름으로 넘어가고 있었다.

고로 지금부터 여름 휴가철이 슬슬 시작된다는 소리다.

화수는 외국에서 건너온 캠핑카를 매입하여 수리했다.

처음에 받은 캠핑카보다 크기는 작지만 회로가 모두 살아 있어 수리비용이 그다지 많이 들어가지는 않았다.

그렇게 캠핑카를 두 대 더 구비한 화수는 본격적으로 캠핑 장을 꾸며보기로 했다.

철거 사업 때문에 일정이 다소 빠듯하긴 하지만 캠핑장을 꾸미는 데 그렇게 큰 힘이 들어가지는 않을 듯했다.

화수는 현지에서 캠핑카를 관리하고 손님을 받아줄 사람

을 물색했다.

그는 서천에서 휴가 시즌이 끝날 때까지 상주하는 파견 아르바이트생을 뽑았다.

아르바이트생으로 지원한 김래현은 화수의 설명을 꼼꼼히 노트에 필기하고 있다.

"홈페이지 관리 쪽으로 넘어가면 손님들이 남긴 글과 쪽지를 확인할 수 있습니다. 또한 그에 대한 답글을 달 수도 있지요."

"그렇군요."

"그리고 우리 캠핑장 전용 계좌에 돈이 입금되면 그때부터 해당 캠핑카는 예약으로 돌려놓으면 됩니다. 숙박이 끝나면 청소를 해놓고 다시 빈방으로 돌려놓으면 되고요."

"알겠습니다."

"일주일에 한 대씩 추가해서 석 대를 더 가져다 놓을 겁니다. 그 이후에 차량이 더 늘어나면 아르바이트생을 다시 뽑기로 합시다."

"그렇게 하시죠."

새로운 분야에 진출하는 화수지만 마음이 상당히 가볍다.

이곳은 화수의 친가임과 동시에 외가이기 때문에 자잘한 사고는 일어날 일이 없다.

장사꾼부터 어부, 경찰, 심지어는 소방관까지 모두 진우의 인맥이기 때문이다.

그는 조금 안정된 마음으로 다시 대전으로 향했다.

*　　　*　　　*

늦은 밤, 야행성인 올빼미가 말똥말똥한 눈으로 화수를 바라보고 있다.

"조금 아플 수도 있다. 참을 수 있겠어?"

녀석은 고개를 갸웃거릴 뿐이다.

"그래, 말을 할 수도 없고 알아들을 수도 없는데 내가 무슨 양해를 구하겠냐?"

이윽고 화수는 녀석에게 수면 마법을 설었다.

"슬립!"

따악!

화수의 발동어가 떨어지자마자 룬어가 힘을 받아 마나를 재배열한다.

그리고 그 마나는 올빼미를 깊은 잠에 빠져들게 만들었다.

쿠울.

"좋았어. 잠들었군."

그가 올빼미를 잠재우는 것은 혹시나 녀석이 화수의 시술을 받다 놀라서 발버둥을 칠 수도 있기 때문이다.

화수는 동물약국에서 구한 링거에 곱게 간 마나코어를 섞었다.

촤르르르르!

투명하던 링거에 마나코어가 섞이면서 은은한 푸른빛을 띤다.

이렇게 색이 푸르게 변한다는 것은 마나코어가 잘 섞이고 있다는 뜻이다.

화수는 거침없이 올빼미의 날개에 수액 바늘을 찔러 넣었다.

푸욱.

"자느라 아직 아프지는 않을 거다."

올빼미의 혈관을 타고 마나코어가 흘러들어 가자 녀석의 몸에 파란색 물결이 일기 시작한다.

아직 완벽하게 용해되지 않은 마나코어가 혈관을 타고 흘러 다니는 것이 그대로 투영되는 것이다.

화수는 마나코어가 담긴 용액을 녀석의 환부 쪽으로 서서히 이동시켰다.

우우우웅!

그의 손에서 뿜어져 나온 마나는 마나코어를 환부로 조금씩 모여들게 만든다.

이렇게 되면 한곳에 마나코어가 모여들어 종국에는 단단한 하나의 구체 형상을 띠게 된다.

이것이 바로 화수가 생각한 가장 안전한 마도병기 제작법이다.

화수는 병원에서 받은 X―ray 사진을 보면서 녀석의 죽어버린 신경으로 마나코어를 유도했다.

혈관을 타고 서서히 움직이던 마나코어 가루가 순식간에 화수가 지목한 곳으로 운집한다.

"여기다!"

슈가가가각!

새끼손톱 반만 한 크기의 마나코어가 모이는 것은 순식간이었고, 그렇게 해서 모인 마나코어는 죽어 있는 녀석의 신경을 마나로 채워나간다.

그리고 그 마나는 마치 원래부터 신체의 일부였다는 듯이 올빼미와 하나가 되어갔다.

약 30분 정도 눈을 감고 있던 화수가 눈을 뜨자 어느새 시술은 끝이 나 있다.

"잘된 건가?"

아직 잠에 빠져 있는 올빼미.

아마 결과를 확인하기 위해선 일주일에서 이 주일 정도는 지켜봐야 할 것이다.

*　　　*　　　*

카이스트에 위치한 공형진의 연구실.

그의 제자들을 비롯한 모든 연구진이 어쩐 일로 그에게 반기를 들고 있다.

"…일반인을, 더군다나 고물상이나 하는 사람을 고문으로 들인다는 것이 말이 됩니까?!"

"교수님, 저희가 교수님을 정말로 존경하지만 이건 좀 아닌 것 같습니다."

"맞습니다!'

공형진은 대체 관절 개발에 화수를 고문 자격으로 초빙한다고 선언했고, 연구진은 그에 반발하는 중이다.

"재능이 있는 친구일세. 자네들이 보면 아마 깜짝 놀랄 거야."

"아무리 재능이 있는 사람이라고는 해도 이곳은 대한민국의 인텔리들이 모인 카이스트입니다. 그를 고문으로 들이는 것은 비단 우리만의 문제가 아니라는 소리입니다."

"그럼 비공식적인 고문으로 채용하는 건 어떤가?"

"교수님!'

그를 즐거이 따르는 제자들과 연구진이 처음으로 일으킨 반발이다.

공형진은 설마하니 이렇게까지 거세게 반발할 것이라고는 상상조차 하지 못했다.

"우리에겐 고도의 리모트 컨트롤 시스템이 필요하네. 그가 없이는 연구를 완성할 수가 없어."

"하지만 그렇다고 일자무식인 고물쟁이에게 연구를 맡깁

니까?"

연구진 중에 공형진 다음으로 나이가 많은 이종면 교수가
가운을 벗어 던진다.

"정 그렇다면 저를 빼고 그 사람을 넣으시죠."

"이 교수!"

"저는 도무지 교수님이 어떤 생각을 하고 계신지 알 수가
없습니다. 혁신, 그놈의 혁신 때문에 우리가 손해를 본 것이
얼마입니까? 과학자가 혁신에 실패하면 얼마나 배고파지는
지 잘 아시지 않습니까?"

그는 얼마 전 김영찬이 공학계를 등지고 얼마나 힘들게 살
아왔는지 너무나도 잘 알고 있다.

그렇기 때문에 최대한 변수를 배제한 채 연구를 계속하려
는 것이다.

하지만 공형진은 그런 그를 끝까지 설득하려 든다.

"그러지 말고 내 얘기를 조금만 더 들어주게나."

"됐습니다. 저는 더 이상 할 말이 없습니다."

결국엔 연구실을 나가 버리는 그를 바라보며 공형진이 안
타까운 손을 뻗는다.

"이 교수……!"

공형진은 연구실을 뛰쳐나간 이종면을 따라 나섰다.


\*         \*         \*

대전 어은동의 모던 바.

공형진은 아무런 말도 없이 술만 홀짝이는 이종면에게 넌지시 물었다.

"우리 연구팀이 해체될까 봐 그렇게 걱정이 되는 건가?"

그는 잔뜩 일그러진 얼굴로 공형진을 바라본다.

"GOP지역엔 이런 말이 있습니다. 길이 아니면 가지 마라. 잘못하면 지뢰를 밟아 발모가지가 날아가기 때문이지요."

"지금 자네 말뜻은 내가 길이 아닌 곳으로 가려 한다는 소리인가?"

"도박은 하지 마십시오. 다른 사람도 아니고 고물쟁이를 고문으로 들인 것이 발각되면 언론에서 우리를 마구 까대기 시작할 겁니다. 그렇게 되면 일은 걷잡을 수 없어요."

"그가 또렷한 성과를 보이면 되는 것 아닌가?"

"…그렇게 될 것 같지 않아서 드리는 말씀이 아닙니까? 자꾸 답답하게 왜 이러십니까?"

공형진은 그에게 화수의 비전에 대해서 역설했다.

"사람에게는 누구나 가능성이라는 것이 있다네. 그 가능성은 능력 있는 자만이 가질 수 있지. 강화수 씨는 그런 능력을 가졌어."

"납득할 수 없습니다."

"만약 그 사람이 정말 천재라면 자네도 이해해 줄 텐가?"

"그렇다면 충분히 기용할 수 있겠지요. 아마 기관에서도 이해해 줄 테니까요."

"그러니까 자네의 말은 충분히 납득할 만한 무언가가 있어야 한다는 소리군."

"그게 당연한 수순 아니겠습니까?"

공형진은 천천히 고개를 끄덕였다.

"좋아, 알겠네. 내가 그를 데리고 와서 자네가 준비한 테스트를 통과시키겠네. 그렇다면 믿어주겠나?"

"으음."

고집불통인 이종면이지만 합리적인 면에 있어선 칼 같은 사람이다.

"좋습니다. 그렇다면야 선배님의 말씀에 따르겠습니다. 하지만 그 사람이 부적합하다면 선배님께서도 포기한다고 약속하십시오."

"알겠네. 그렇게 하지."

공형진은 이종면에게 술을 권했다.

"한잔 하자고. 나는 자네와 등지기 싫어. 자네가 얼마나 유능한 연구원인데 내가 자네를 등지겠나?"

"저 역시 선배님을 저버리고 싶지 않습니다. 그러니 이번 테스트가 불발된다면 제발 그 억지 좀 그만 부리겠다고 약속하십시오."

"그래, 알겠네. 자네의 말대로 하지."

두 사람은 단숨에 술잔을 비웠다.

\*       \*       \*

일주일 동안 한 대의 캠핑카를 추가로 수리한 화수는 곧장 그것을 몰고 서천으로 향했다.

이제 초여름을 맞아 춘장대해수욕장에는 대학생과 가족 단위의 사람들이 구름처럼 몰려들고 있었다.

"예전엔 대천만 못하다고 느꼈는데 이젠 제법 사람이 늘었군."

서해 최고의 해수욕장인 보령 대천해수욕장에 비하면 규모와 여행객 동원력에서 다소 밀린다는 느낌을 받던 춘장대해수욕장이다.

하지만 이젠 텐트를 칠 자리가 없어서 한참을 돌아다녀야 할 판이다.

화수는 자신의 본관에 자리 잡기를 잘했다는 생각이 들었다.

김래현은 화수가 트레일러를 끌고 온다는 소식을 듣고 미리 대로변으로 나와 있었다.

"이쪽입니다! 이쪽으로 놓으시면 됩니다!"

그는 이미 트레일러가 올 자리를 예상하고 준비를 모두 끝마친 모양이다.

처음에 느낀 그 꼼꼼함은 역시 틀리지 않았다.

"오늘 차를 가지고 오신다고 해서 예약을 받아놨습니다. 손님보다 정확히 10분 일찍 오셨습니다. 간 떨어지는 줄 알았습니다."

"잘했습니다."

화수는 트레일러를 정박시키고 캠핑장을 둘러보았다.

"별다른 이상은 없지요?"

"예, 이상은 없습니다. 자리가 워낙에 좋아서 손님들의 만족도가 높습니다. 그리고 이장님께서 조개와 소라를 잔뜩 가지고 오셔서 매일매일 파티입니다. 휴가철이 끝나기 전에 다시 예약을 하고 싶다는 사람도 꽤 있습니다."

마나코어를 설치한 캠핑카는 발전기 특유의 소음조차 찾아볼 수 없을 정도로 편리하기 때문에 만족도가 매우 높았다.

"삼촌께 양주라도 한 병 선물해 드려야겠군."

"가끔 주변에서 포장마차를 연 사장님 숙모님과 여동생께서 청소를 도와주시곤 합니다."

이럴 때 화수는 그들이 자신의 가족처럼 느껴지곤 한다.

마치 자신의 진짜 친척이라도 되는 것처럼 대하는 것을 보면 감동이 밀려온다.

"숙모와 소라에게도 선물을 해야겠는걸."

이윽고 화수는 김래현을 따라 관리실로 이동했다.

관리실은 근방의 컨테이너 박스를 개조해서 만들었다.

김래현이 설치한 화이트보드에는 한 달의 스케줄이 빽빽하게 들어 차 있다.

"이런 추세라면 추가로 들여오는 캠핑카도 만원일 겁니다. 처음으로 개장한 것치곤 장사가 잘되는 것이라며 주변에서도 부러워하는 눈치입니다."

"좋습니다. 이대로만 된다면 김래현 씨도 한몫 단단히 잡을 수 있겠군요."

"그러게 말입니다."

화수가 김래현을 관리인으로 기용하면서 약속한 것은 월급을 제외하고 총 매출액에 10%를 떼어 주는 것이다.

아직은 하루에 만 오천 원 꼴로 추가 수당을 받는 셈이지만 화수가 약속한 여섯 대를 다 채우게 되면 하루에 3만 원씩 붙는다.

월급 100만 원을 제외하고 하루에 3만 원씩이면 90만 원이나 더 버는 것이다.

대학생 한 달 아르바이트론 이만한 것이 없다.

"허락하신다면 바비큐 세트도 가져와서 팔고 싶습니다. 가끔 고기와 숯을 깜빡하고 가져오지 않는 여행객이 꽤나 많습니다."

"그렇게 하십시오. 판로는 있습니까?"

"마침 저희 사촌형이 당진에서 참숯 공장을 한답니다. 거기서 숯을 싸게 들여오고 돼지고기는 이장님께서 소개해 주신다고 했습니다."

"좋습니다. 당장 내일부터 실행하십시오. 차 한 대를 이곳에 두고 가겠습니다."

화수가 이곳에 두고 간다는 차는 벤X 사에서 나온 c350이다.

"우리 회사에 있는 차량 중에선 가장 연비가 좋은 것 같더군요. 운영 자금에서 기름 값을 하십시오."

"감사합니다!"

"아닙니다. 관리인에게 이 정도 투자는 당연한 것이죠."

아마 김래현은 기름 값을 낭비하지는 않을 것이다.

화수가 약속한 금액은 총 매출에 10%이기 때문에 손해가 나면 그의 보너스도 깎인다.

그의 알뜰한 성격으로 미뤄봤을 땐 한 푼이라도 더 아끼려고 들 것이다.

'아르바이트생 하난 잘 뽑았군.'

요즘 따라 인복이 터지는 화수다.

\*　　　\*　　　\*

대전 도룡동의 한 레스토랑.

화수는 생전 처음 이런 곳에서 식사를 하게 됐다.

"우와! 이런 곳에선 어떻게 식사를 하는 것인지 모르겠습니다. 워낙 이런 곳과 거리가 멀어서 말입니다."

"앞으론 자주 오게 될 겁니다. 연구단지에서 가끔 이곳의 식사권을 무료로 나누어줄 때도 있습니다. 또한 회식을 점심에 하게 되면 이곳에서 하곤 하지요. 우리 단골인 셈입니다."

"그렇군요."

그들이 이곳에 자주 오는 것은 단순히 연구단지와 가까워서만은 아닐 것이다.

"실례하겠습니다. 주문하신 코스요리의 애피타이저가 나왔습니다."

잘 익은 가리비구이에 화이트와인이 곁들여져 나온다.

그리고 그와 함께 먹을 수 있는 훈제 연어 샐러드도 나왔다.

"드시죠. 주방장 솜씨가 아주 일품입니다. 제대로 된 지중해 풍이지요."

"그럼 사양하지 않고 먹겠습니다."

먹는 것이라면 세상 어디에서도 뒤지지 않는 화수다.

그는 가리비구이를 절반쯤 잘라서 맛을 보았다.

"으음……."

바다의 풍미가 느껴지면서도 해산물 특유의 비린내는 전혀 나지 않는다.

"신기하군요. 어떻게 이렇게 요리할 수 있죠?"

"주방장이 좋으면 레스토랑 분위기가 바뀌지요. 이곳이 딱 그렇습니다."

감탄사를 연발하면서 음식을 집어먹다 보니 벌써 그릇이
비어 있다.

"이런, 감칠맛이 좋군요."

"하하, 그게 이 집의 가장 큰 매력이지요."

마파람에 게 눈 감추듯이 먹어치운 애피타이저에 이어 본
격적으로 식사가 나온다.

"오늘의 특선요리인 양고기 스테이크입니다. 어린 양의 안
심을 사용해서 맛이 괜찮을 겁니다."

"고맙습니다."

지배인이 두 사람이 식사하는 것을 지켜보며 시기적절하
게 음식을 넣어주고 있다.

덕분에 적당한 시차를 두게 되어 입맛은 살리되 음식이 질
리는 것은 막을 수 있었다.

이래서 고급 식당에서 봉사료라는 명목으로 10%를 더 받
는 모양이다.

화수는 잘 구워진 양고기 스테이크를 크게 썰어서 맛을 보
았다.

"으음! 독특한 향이 나는군요."

"이 또한 이 집의 자랑거리입니다. 고기를 아주 잘 다룬다
고나 할까요?"

"정말 그런 것 같군요."

식사를 이어나가던 화수에게 공형진이 묻는다.

"저기 말입니다. 실례가 되지 않는다면 강 사장님의 학력에 대해 물어도 되겠습니까?"

화수는 흔쾌히 답했다.

"고졸입니다. 저번에 말씀드렸을 텐데요?"

"정말로 기계공학에 대해 배운 것이 없고요?"

"공학을 배운 적은 없습니다. 다만 어려서부터 아버지를 따라다니면서 이런저런 기계를 많이 접했지요. 그때 배우고 터득한 것을 바탕으로 지금의 사업을 하고 있는 겁니다."

"자동차에 대한 것도 그때 배우신 겁니까?"

그는 고개를 가로저었다.

"아닙니다. 자동차는 최근 우연히 공부하게 된 겁니다. 전문 서적과 자동차 전문가에게 배웠지요."

"자동차 전문가요?"

"울산에 강한성 사장님이라는 분이 계십니다. 그분께 외제차의 구조에 대해 배웠지요."

"흐음, 그러니까 전문적으로 무엇을 배운 적은 없는 셈이네요?"

"그렇다고 할 수 있습니다."

화수는 다시 한 번 학력에 대해 묻자 의구심이 들었다.

"그런데 이것은 왜 다시 물으시는 겁니까?"

공형진은 단도직입적으로 화수에게 목적을 말한다.

"사장님에 대한 우리 연구진의 불신이 생각보다 큽니다. 생전 저에게 반기를 들어본 적이 없는 사람들인데 말입니다."

"그럴 만도 하지요. 그 사람들은 대한민국의 내로라하는 인텔리들이지 않습니까? 그런 집단에 제가 들어간다는 것은 어쩌면 그들에겐 자존심이 상하는 일일지도 모릅니다."

공형진은 화수의 의견에 동의하지 않았다.

"자존심을 내세우는 것은 자랑이 아닙니다. 단지 자신들의 부족함을 인정하지 않는 것이지요."

"그렇다는 것은……."

"저 역시 강 사장님에게 배울 것이 많다고 생각합니다. 그게 세상 사는 제대로 된 방식이 아니겠습니까?"

엄청난 오픈 마인드다.

자신의 분야에서 자타가 공인하는 경지에 오른 그가 화수에게 이렇게까지 말할 수 있다는 것은 상당히 어려운 일이다.

그는 공학이라는 분야에 모든 것을 걸었고 앞으로도 그럴 것이다.

그런 전문가가 자신을 내려놓는 것은 장인이 자신의 작품을 거침없이 바닥에 집어던지는 것과 같은 이치다.

공형진은 진정한 현대판 장인인 것이다.

"그래서 말인데, 강 사장님께서 저의 제자들과 연구진을 깨우쳐 주십시오. 편견을 버려야 진정한 오의가 보인다는 것을 말입니다."

"저 같은 무지렁이가 뭘 어쩔 수 있겠습니까?"

공형진은 고개를 가로젓는다.

"오로지 당신이기에 가능한 일입니다. 이 세상은 겉모습만으로 판단할 수 없다는 것이 많다는 것을 일깨워 주는 데 당신보다 적격인 사람은 없지요."

그는 화수에게 다시 한 번 정중하게 부탁했다.

"저를 위해 시험을 치러주십시오."

"시험이라면……."

"고성능 리모트 시스템과 로봇 메커니즘에 대한 문제를 풀어내는 겁니다. 난이도는 어지간한 박사들도 제대로 답하지 못할 수준이 될 겁니다."

아마도 그의 연구진은 공형진이 본 마법 수레에 대한 것을 과학적으로 풀어낼 작정인 듯했다.

'난감하게 되었군.'

마도학자에게 현대과학을 묻는다는 것은 공학자에게 파이어 볼에 대해 묻는 것과 같은 이치다.

하지만 못할 것은 없다.

공형진이 쓴 논문들을 며칠 동안 정독하다 보면 무언가 깨닫는 것이 있을 것이기 때문이다.

"좋습니다. 시험을 치르겠습니다. 하지만 만약 제가 떨어지면 더 이상 제게 연구에 동참하라는 권유는 하지 않겠다고 약속하십시오."

"알겠습니다. 그리하지요. 대신 최선을 다해주세요."

"물론입니다. 저는 박사님의 위신이 걸린 일을 대충대충 넘길 생각은 없습니다. 저에게 베푸신 만큼 저도 베풀겠습니다."

"고맙습니다. 그렇게 동참에 의미를 굳게 되새겨 주시니 말입니다."

"은인에게 보답하는 것이 뭐 그리 고마운 일입니까? 두꺼비도 은혜를 갚은 한국에서 말입니다."

"그럼 사장님만 믿겠습니다."

그렇게 두 사람의 느릿한 식사가 이어져 갔다.

*　　　*　　　*

올빼미를 주워온 후 일주일이 지났다.

이제는 슬슬 날개를 묶어둔 붕대를 풀어볼 때가 되었다.

화수는 새장 안의 올빼미를 꺼내어 천천히 붕대를 풀기 시작했다.

"제발 나았어야 할 텐데 말이야. 그래야 먹이도 먹고 짝짓기도 하지."

삐익!

붕대를 풀어낸 화수는 녀석의 날개를 지탱하는 뼈가 잘 붙었는지 확인해 보았다.

견갑골과 위 날개뼈, 그리고 날개 목뼈가 각각 부러지면서 복합 골절을 일으킴 그 녀석의 날개는 이제 정상으로 돌아와 있었다.

뼈가 단단히 붙어서 이제는 축 늘어뜨리는 일은 없을 듯했다.

"제법 건강해졌구나."

삐익!

하지만 녀석이 제대로 날 수 있을지는 알 수 없다.

화수는 올빼미를 땅에 내려놓고는 날아가라고 손짓했다.

"훠이! 훠이! 어서 날아가!"

하지만 일주일 동안 땅에서 생활해서인지, 아니면 아직 날개가 낫지 않아서인지 쉽사리 날갯짓을 하지 못했다.

"흐음, 이를 어쩐다?"

가장 좋은 방법은 높은 곳에서 녀석을 떨어뜨려 보는 것인데, 그러기엔 상태가 진짜로 괜찮은지에 확신이 없어 위험했다.

그는 한 가지 묘안을 냈다.

고물상 마당에 거대한 그물을 설치하고 그 위로 올빼미를 집어 던지는 것이다.

그렇게 되면 활강을 할 수 있을지 없을지 확인할 수 있으면서도 안전을 보장할 수 있었다.

화수는 플라스틱을 수거하는 그물망을 넓게 펼쳐서 마당에 거대한 점프대를 만들었다.

"날아갈 수 있다면 좋을 텐데."

올빼미를 안고 고물상 옥상으로 올라간 화수는 녀석을 힘껏 집어 던졌다.

"날아라!"

삐이이익!

하지만 애석하게도 녀석은 제대로 된 날갯짓을 하지 못했다.

하다못해 허우적거리지도 못한 채 하염없이 그물을 향해 떨어져 내리고 있다.

"이런⋯⋯."

바로 그때였다.

삐이이익!

푸다다다닥!

올빼미가 바람을 타고 비상하기 시작했다.

화수는 그 모습을 바라보며 환호성을 내질렀다.

"나, 날았다! 하하, 하하하하!"

올빼미는 화수의 머리 위를 빙글빙글 돌며 지상을 내려다보고 있다.

"성공이다! 성공이야!"

올빼미의 손상된 신경을 회복시키는 것에 성공했다는 것은 다른 대형 동물과 사람에게도 효과가 있다는 뜻이다.

화수에게는 아주 큰 희망이 찾아온 뜻깊은 날이었다.

*　　　*　　　*

늦은 밤, 화수는 수액에 곱게 간 마나코어를 탄 후에 잘 섞었다.

샤라라라랑.

수액이 푸른색으로 변하자 화수는 깊게 잠이 든 그녀에게 주사했다.

"쿠울, 으음……."

잠귀가 워낙에 밝은 그녀이기에 화수는 그녀에게 기절 마법을 걸어두었다.

아마 내일 아침까진 세상모르고 잠에 빠져 있을 것이다.

그동안 화수는 마나코어가 들어간 혈관에 마나를 집중시켰다.

우우우웅!

"이제부터가 시작이군."

의사들이 말한 굳어버린 신경을 제대로 잡기 위해 화수는 신체에서 가장 기본이 되는 기관부터 공략하기로 했다.

의사들은 지수의 뇌에는 전혀 문제가 없다고 했다.

그렇다면 그녀는 중추신경계 이하의 말초신경이나 척수에 문제가 있을 것이다.

화수는 척수를 따라 마나코어를 모두 흘려보냈는데, 어느 한 지점에서 마나코어의 흐름이 눈에 띠게 느려지는 것을 느낄 수 있었다.

'이곳이다!'

그는 목 척수 부분에 뭔가 문제가 생겼음을 감지하고 그곳으로 마나코어를 집중시키기 시작했다.

스스스스스!

화수의 손가락이 가리키는 부분으로 마나코어가 모여들었고, 손상된 것으로 예상되는 척수에 안착하기 시작한다.

몸 안에 들어온 마나코어의 99% 이상이 환부로 집중되었다.

중요한 것은 지금부터였다.

마나코어가 온전히 자리를 잡을 수 있도록 도와주지 않으면 내일 아침 지수의 웃는 얼굴을 보지 못할 수도 있었다.

척수는 운동신경의 대부분이 몰려 있는 중요한 기관이기 때문이다.

'모여들어라.'

화수의 머릿속에서 만들어진 룬어의 공식이 지수의 척수를 재구성하기 시작한다.

이것은 루야나드 대륙에서 사용하던 치유 마법인 '큐어'

의 공식에 마나코어를 매개체로 삼아 시전하는 마법이다.

그러니까 지금 그는 손상된 척수를 치료하는 동시에 그 기관을 극대화시켜 잃어버린 기능을 되찾으려는 것이다.

약 네 시간 후, 드디어 마나코어를 안착시키는 데 성공했다.

"후우, 쉽지가 않군."

이제 남은 것은 지수의 상태가 얼마나 호전되는지 지켜보는 것뿐이다.

\* \* \*

동물보호협회에서 나온 사람들이 화수네 고물상 담장에 앉아 있는 올빼미를 바라보고 있다.

"어제부터 저러고 있다는 말씀이시지요?"

"그렇습니다. 다친 날개를 치료해 주었더니 계속 저러고 있네요."

생태계 보존을 위해선 천연기념물이 일반인의 집에 머물면서 사냥 능력을 잃어가는 것은 그다지 좋은 일이 아니다.

그것을 잘 아는 화수이기에 그들에게 방법을 묻고 있는 것이다.

"제가 끝까지 올빼미를 잘 키울 자신도 없고, 뭔가 방법이 없겠습니까?"

"우선은 이대로 지켜보는 수밖에 없습니다. 만약 이곳에 찾아오더라도 먹이는 주지 마시고요."

"알겠습니다."

"녀석들도 사람과 교감을 하기 때문에 정이 든 것일 수도 있습니다. 그러니 적당히 거리를 유지하시면서 정을 떼는 것도 하나의 방법이겠군요."

올빼미로선 이제 막 청소년기에 접어든 녀석이기에 지금부터 사람의 손에서 크게 된다면 야생의 본능을 잃어버릴 수도 있다고 그들은 설명했다.

그렇기에 화수는 이제부터라도 녀석에게 조금씩 무신경하게 대하기로 했다.


점심시간.

밥을 먹기 위해 사무실 평상에 앉은 화수에게 올빼미가 날아든다.

부우, 부우!

올빼미는 원래 야행성이라서 낮에는 잘 움직이지 않는다고 알려져 있다.

그럼에도 불구하고 이렇게 화수에게 날아드는 것은 아마 그가 데리고 있던 시간이 대부분 낮이기 때문일 것이다.

"훠이! 훠이!"

화수가 위협을 해보지만 녀석은 어지간해선 물러나지 않

는다.

그렇다고 올빼미를 공격했다간 녀석이 적의를 품고 달려 들 수도 있으니 위협은 가하지 말라는 것이 동물보호협회의 부탁이었다.

"거참, 사람 귀찮게 하는 녀석이군."

요 며칠 살이 오른 것을 보면 날개가 낫고 사냥을 하러 다니는 것이 분명했다.

그럼에도 불구하고 왜 고물상을 떠나지 않는 것일까?

"나는 낯선 동물에게 정을 주는 것이 익숙하지 않아. 그러니 떠나라고. 어서."

삐익!

올빼미가 고개를 좌우로 움직이거나 위아래로 느리게 흔드는 것은 감각을 극대화하기 위함이다.

하지만 그 모습이 마치 싫다는 뜻으로 보이는 화수다.

"마음대로 해라. 하지만 더 이상 나에게 얻어먹을 수 있는 것은 없을 거야."

부우, 부우!

화수는 계속해서 식사하는 것에 집중했다.

*       *       *

일과를 마치고 집으로 돌아가는 길.

아까부터 올빼미가 화수를 뒤따르고 있다.

"거참, 끈질긴 녀석이군. 우리 집으로 와도 먹을 것은 없어."

부우, 부우!

고집불통 조류를 이끌고 도착한 집에는 부업을 마치고 돌아온 지수가 밥을 짓고 있다.

"누나, 나 왔어."

"화수야!"

"무슨 일 있어?"

어쩐지 기분이 좋아 보이는 그녀에게 화수가 이유를 물었다.

"오늘따라 표정이 밝아 보이는데?"

그녀는 환하게 웃으며 자신의 왼쪽 팔과 다리를 화수에게 보여준다.

"이것 좀 봐. 이젠 팔과 다리가 반대쪽으로 돌아가지 않아!"

발 안쪽이 앞으로 향해 다리가 휘어져 있던 지수의 다리가 어느새 제자리로 돌아와 있다.

그리고 마치 조류의 다리처럼 오그라져 있던 지수의 왼쪽 팔도 곧게 펴져 있다.

"어, 어라? 정말이네?"

"요즘 좋은 것을 많이 먹어서 그런가? 몸도 가뿐한 것 같

아. 이게 무슨 일이래?"

화수는 감격에 겨운 눈물을 흘린다.

"…하느님이 감동해서 누나를 고쳐주신 모양이다. 그치?"

"에이, 그런 말도 안 되는 소리가 어디 있어? 내가 뭘 어쨌다고?"

"누나가 나를 살려주었잖아."

목이 메어 말도 제대로 못하는 화수에게 지수가 슬그머니 미소를 짓는다.

"사내자식이 그렇게 울 거야?"

"우, 울긴 누가 울었다고 그래?"

황급히 눈물을 닦는 화수의 손을 지수가 살며시 잡는다.

"고마워. 난 이게 네 덕분인 것 같아."

"…그게 더 말이 안 되는 소리 아니야? 내가 뭘 어쨌다고?"

"그냥. 네가 일어나고 나서부터 모든 일이 잘 풀리는 것 같아서. 고마워, 화수야."

이젠 걷지 않는 이상 장애인인지 비 장애인지 모를 정도로 크게 호전된 그녀를 바라보며 화수는 두 손을 가지런히 모았다.

'신이 정말 있긴 있는 모양이네. 만약 있다면 감사드립니다. 진심으로.'

지수는 그런 화수를 밥상으로 이끈다.

"이제 청승 그만 떨고 밥이나 먹자. 맛있는 된장찌개 끓여 놨어."

"된장찌개 죽이지!"

오늘이 태어나 가장 행복한 화수다.

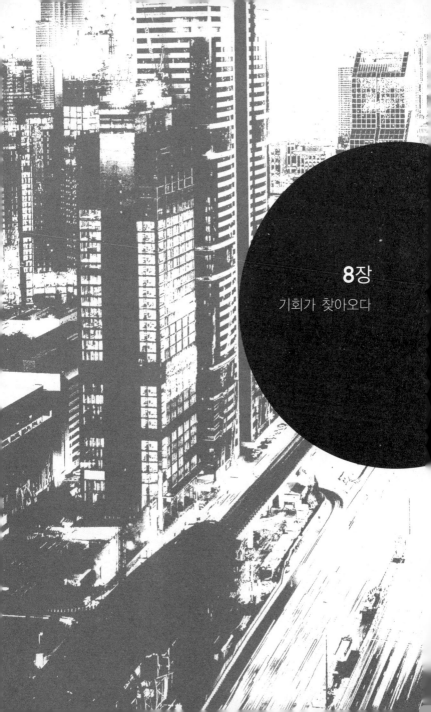

**8장**

기회가 찾아오다

대전 선화동에 위치한 대전농협 본점.

딩동!

"다음 고객님!"

화수는 번호표를 가지고 창구로 다가섰다.

"대출금 상환 때문에 왔습니다."

"예, 알겠습니다. 신분증과 해당 통장을 좀 주시겠습니까?"

오늘로 은행 빚이 딱 1억 5천만 원 남은 화수는 약 일 년 4개월만 더 일하면 채무는 모두 탕감할 예정이다.

"아참, 그리고 이 계좌에서 5천만 원만 빼서 여기 적힌 계좌로 좀 넣어주십시오. 기왕지사 이체를 하는 김에 하면 편할 것 같군요."

"예, 알겠습니다. 5천만 원 송금이시죠?"

"네."

"잠시만 기다려 주십시오."

화수가 건넨 계좌는 정휘찬의 수협 통장 계좌번호다.

남은 돈을 모두 털어서 보내지만 이것이 마지막이라고 생각하니 마음이 한결 가볍다.

물론 앞으로 화수는 가끔씩 정휘찬에게 선물이라도 보낼 것이다.

하지만 숙질이라고 호칭하는 사이에 채무가 남아 있다는 것은 여간 불편한 일이 아니다.

화수는 그런 불편한 관계를 청산하고 싶어서 지금까지 악착같이 돈을 모아온 것이다.

"이제 좀 홀가분하군."

그는 계좌 이체 명세서를 들고 기분 좋은 미소를 지었다.

대전 대동에 위치한 복지회관은 산중턱에 아슬아슬하게 걸쳐 있어 걸어서 가기엔 조금 벅찬 감이 있다.

하지만 화수는 굳이 버스를 타고 길고 긴 언덕을 걸어서 복지관을 찾았다.

판매용으로 타고 다니는 차를 타고 복지사를 찾아가기가

어쩐지 멋쩍었다.

그의 손에는 어린이용 선물 세트와 과일 바구니가 들려 있다.

이것은 그가 얼마 남지 않은 돈을 탈탈 털어서 산 선물이다.

똑똑.

복지관 문을 두드리자 김소율이 환한 얼굴로 걸어 나온다.

"네, 복지관입니다!"

화수는 그녀에게 반갑게 인사를 건넸다.

"안녕하십니까?"

"화수 씨? 화수 씨가 이 시간엔 어쩐 일이세요?"

"지나가는 길에 들렀습니다. 복지사님이 이곳에 계실 것 같아서요."

그녀는 화수가 손에 들고 있는 과일 바구니를 바라본다.

"이게 다 뭐예요? 어디 가는 길이세요?"

그는 깜빡했다는 듯이 그녀에게 과일 바구니를 건넸다.

"오다가 생각나서 샀습니다. 좋은 과일이 많더라고요."

"어머나, 이런 것을 다……."

바로 얼마 전까지만 해도 도움을 받지 못하면 스스로 생활을 할 수 없던 화수에게 선물을 다 받다니 그녀는 감회가 새롭다.

"화수 씨가 선물을 다 주시고, 제가 복이 많긴 많은가 봐요."

"제가 조금 더 큰일을 하게 되면 그땐 더 좋은 것으로 보답하겠습니다."

"아니요. 저는 화수 씨가 잘사는 것만 봐도 배가 불러요."

김소율은 외모만 아름다운 것이 아니라 마음씀씀이가 참으로 아름다운 여자다.

만약 노벨평화상을 화수의 마음대로 줄 수 있다면 그녀에게 주고 싶을 정도이다.

"일단 들어오세요."

"그럼 실례하겠습니다."

화수는 복지관 정문을 지나 김소율의 방으로 가다가 불현듯 아기자기한 스티커가 붙어 있는 방 앞에 멈추어 섰다.

푯말에는 '천사방'이라고 쓰여 있다.

"여긴 뭐하는 곳입니까?"

그녀는 말 대신 문을 열어 천사방의 전경을 보여준다.

"엄마가 없는 아가들을 돌보는 곳이에요. 흔히 영아원이라고 하죠."

아직 세 살이 채 되지 않은 젖먹이 아기들이 머무는 사회단체 기관을 두고 '영아원'이라고 부르는데, 미혼모의 아기나 부모가 없는 아기들이 머문다.

"꺄르르!"

아기들은 화수를 보자마자 미소를 지으며 달려온다.

"어, 어어⋯⋯!"

처음으로 아기들에게 둘러싸인 화수는 어쩔 줄 몰라 우왕좌왕했다.

그녀는 화수에게서 과자 바구니를 받아 들었다.

"기왕지사 오신 김에 아가들과 조금 놀아주시는 건 어때요? 일손이 모자라서 복지사들로만은 벅차거든요."

아이들은 낯도 가리지 않고 화수의 바지를 붙잡고 연신 장난을 친다.

아마도 아빠 품에서 놀아본 적이 없어 그를 신기해하는 것인지도 모른다.

그러나 전생에서나 현생에서나 아가들을 돌보아본 적이 없는 화수인지라 뭘 어떻게 해야 할지 알 수가 없다.

"어, 어떻게 합니까? 잘못하면 뼈가 부러지거나 멍이 들 수도 있잖습니까?"

"아주 천천히 안아주시면 돼요. 겨드랑이에 손을 넣어서 들어 올리신 후 품에 안으시면 됩니다."

화수는 주변에 있는 복지사들을 바라보며 아이 돌보기를 따라 해보았다.

"이, 이렇게 안으면 됩니까?"

"네, 맞아요. 그렇게 안으시면 돼요."

그가 아이를 안자 아이가 그의 품을 파고든다.

"어, 어어?"

"어머나, 화수 씨 품이 편한가 봐요. 아이가 몸을 기대네요."

"그, 그런 겁니까?"

손바닥만 한 아이가 자신의 품을 파고드니 어쩐지 기분이 묘해지는 화수다.

그런데 이상한 것은 생전 처음 해보는 육아가 왠지 싫지만은 않다는 것이다.

화수는 한동안 젖먹이 아이들과 시간을 보냈다.

*　　　*　　　*

복지관에서 시간을 보내다 보니 벌써 저녁 7시를 향하고 있다.

화수는 시계를 바라보곤 난감한 표정을 지었다.

"내일 일이 있어서 일어나야 하는데……."

이제 슬슬 일어나지 않으면 다음 스케줄에 문제가 생기고 말 것이다.

하지만 품에 안겨 손을 꼭 붙잡은 아이를 도저히 떼어낼 자신이 없다.

"괜찮으니까 저에게 주세요."

"그래도 되겠습니까?"

"네, 괜찮아요."

아이가 잠에 빠져든 터라 그나마 별 소동 없이 떼어낼 수 있었다.

그러나 연신 그 아이가 눈에 밟히는 화수다.

김소율이 화수를 바라보며 흐뭇한 미소를 짓는다.

"화수 씨도 아이를 좋아하나 봐요?"

"글쎄요. 한 번도 아이를 돌보아본 적이 없어서 잘 모르겠습니다. 오늘은 그냥 처음이라 얼떨떨하군요."

"화수 씨는 아이를 좋아하는 것이 틀림없어요. 아이들은 눈치가 빨라서 자신을 싫어하는 사람에겐 다가가지 않거든요."

"그런 겁니까?"

그녀는 잠이 든 아이를 안고 연신 방 안을 서성인다.

그 모습이 꼭 아이를 키우는 엄마를 보는 것 같다.

"이 아이는 엄마가 없어요. 아니, 누구인지 알 수가 없죠. 아마 조금 더 크면 고아원으로 가게 될 거예요."

"저런……."

"만약 거기서 후원자를 만난다면 조금 더 나은 생활을 할 것이고, 그렇지 않다면 조금 힘든 생활을 하겠죠."

화수는 그녀에게 선뜻 후원자에 대한 얘기를 꺼낸다.

"지금 제 상황으론 얼마나 도움을 줄 수 있을지 몰라도 얼마간이라도 정기적으로 보내겠습니다. 방법을 알려주십시오."

"화수 씨가요?"

"평범한 집 아이들처럼 많은 돈은 못 보내줘도 수입이 많으면 많은 대로, 적으면 적은 대로 보내겠습니다."

그녀는 화수에게 제도에 대해 설명하고 계좌번호를 건네주었다.

"이곳으로 보내주시면 돼요."

"알겠습니다."

그녀는 선뜻 손을 내민 화수가 무척이나 고마운 모양인지 감동 받은 표정이다.

"이제 막 어려움을 이겨내는 중인데 이런 나눔이라니 감동스럽네요."

"아닙니다. 복지사님께서도 저희를 도와주시지 않았습니까? 당연한 일입니다."

이윽고 화수는 일어섰다.

"그럼 저는 이만……."

그런 그를 김소율이 붙잡는다.

"잠시만요."

고개를 돌린 화수에게 그녀가 조심스럽게 말한다.

"괜찮다면 다음 주에 식사나 함께하실래요? 우리 복지관에서 멀지 않은 곳에 맛있는 백반집이 있어요."

화수는 흔쾌히 고개를 끄덕였다.

"좋습니다. 다음 주 주말엔 근무를 안 하시는 것 같으니 그때 보죠."

"네, 알겠어요."

"전화 드리겠습니다."

두 사람은 전화번호를 교환했다.

*      *      *

차량 사업이 잘되는 만큼 현금 보유량은 점점 늘어가는 추세다.

이런 추세라면 지금 사무실로는 감당할 수 없을지도 모른다.

화수는 김철민의 소개로 판암동에서 부동산을 운영하는 한 중년여성을 만날 수 있었다.

"당신이 화수 씨?"

"예, 강화수라고 합니다."

"반가워요. 민정숙이라고 해요."

그는 고개를 갸웃거린다.

"어디서 많이 들어본 이름 같은데……."

"맞아요. 내 남편 계좌 예금주일 테지요."

그제야 화수는 무릎을 쳤다.

"아하! 그 유능한 부동산 중개업자라는 분이 바로 사모님이시군요!"

"호호, 부끄럽네요. 하여간 그 양반도 참……."

들리는 소문에 의하면 김철민은 로맨티스트에 애처가라고

했다.

그녀의 반응을 보니 그 말이 전혀 틀린 것 같지는 않았다.

"아무튼 공업사 부지를 찾는다고요?"

"굳이 대로변에 나와 있지 않아도 괜찮으니 차를 고치고 주차해 놓기 좋은 곳이면 되겠습니다."

"으음, 그렇다면 좋은 곳이 몇 군데 있어요. 두 개는 남편 명의이고 하나는 우리 시누이의 명의로 되어 있어요."

"그럼 제가 사장님과 거래를 하게 되는 것 아닙니까?"

"그렇게 되는 셈이죠."

조금 부담스러워하는 화수에게 그녀가 손사래를 친다.

"너무 그렇게 부담스러워할 것 없어요. 부동산 중개비는 모두 다 받을 테니까요."

"그럼 신세를 좀 지겠습니다."

"후후, 신세는 무슨. 일단 가시죠."

그녀는 화수를 태우고 공업사 부지가 있는 곳으로 향했다.


평평한 대로변 뒷길에 있는 200평가량 되는 부지에 컨테이너 넉 대가 설치되어 있다.

"원래는 물류창고로 쓰려다가 급매로 팔린 물건이에요. 저렴한 가격에 사긴 했는데 아직까지 팔리지 않아서 고민인 참이에요."

그녀의 말처럼 이곳은 그 어떤 것을 한다고 해도 상당히 애매한 구석이 많았다.

목이 좋은 것도 아니고 차량의 왕래가 많은 것도 아닌지라 음식점을 할 수도, 술집을 할 수도 없었다.

하지만 가까이 IC가 위치하고 있어서 공업사를 차리기엔 안성맞춤이었다.

"땅값은 매우 싼 편이에요. 위치를 보면 아시겠지만 이 근 방의 땅값이 쌀 리가 없잖아요?"

"그렇군요. 그야말로 공업사를 위한 땅이군요."

"어때요? 마음에 들어요?"

화수는 이 부지가 무척이나 마음에 들었다.

"당장 계약하겠습니다. 마침 차를 팔아서 들어온 현금이 있거든요."

"그러실래요? 그럼 일단 부동산으로 가서 등기부등본을 비 롯해 서류를 확인해 보시죠. 그래도 거래는 거래니까요."

"알겠습니다."

화수는 그녀가 운영하는 부동산으로 향했다.

*　　　*　　　*

화수는 판암동에 위치한 공업사 부지에 차량 수리에 필요 한 시설들을 하나하나 확충하기로 했다.

그 가장 첫 번째 작업은 강철 플레이트로 된 건물을 세우는 것이다.

1층은 정비를 위한 공간으로 차량용 리프트를 비롯해 각종 장비로 채울 계획이다.

그 위로는 공업사 사무실 및 휴게 시설로 사용할 설비가 들어갈 예정이다.

그리고 그 옆 건물에는 자동차 판금과 도색을 할 수 있도록 마도학 장비들이 위치할 것이다.

화수는 자동차 도색 및 판금을 위한 장비들을 만들어두었는데, 그 시스템은 덴트 시공업자들조차 처음 보는 것이다.

판금, 도색 등을 할 곳에 마도학 장비를 옮기는 화수에게 전희수가 묻는다.

"그것들이 사장님께서 고이고이 모셔두었던 장비들입니까?"

"네, 그렇습니다. 제가 지금까지 장사를 해온 밑천이라고나 할까요?"

화수는 지금까지 그 누구에게도 정비 과정에 대한 것을 보여준 것이 없다.

하지만 이젠 주변의 시선을 받아야만 정비에 대한 믿음을 심어줄 수 있다는 것을 깨달았다.

그리고 어차피 겉으로 보기엔 일반적인 장비와 별다를 것도 없어서 문제될 것이 없었다.

그중에서도 전희수는 판금 장비에 관심을 보였다.

"이 물렁물렁한 건 뭡니까?"

성인 남성 허리둘레의 원통형 장비는 마나코어를 중앙에 심어놓아서 유기적으로 움직이는 판금기계다.

"잘 보십시오."

화수는 얼마 전에 들어온 폐차 직전의 자동차에서 떼어낸 범퍼와 앞좌석 문을 바닥에 내려놓았다.

그리곤 원통형 장비에 달린 빨간 버튼을 눌렀다.

그러자 원통형이던 장비가 축 늘어지며 마치 물먹은 이불처럼 변했다.

"이렇게 축 늘어진 것을 파손 부위에 붙이거나 구겨 넣습니다. 그리고 같은 방식으로 맞은편에도 붙여줍니다."

화수는 범퍼 양쪽에 장비를 붙인 다음 노란색 스위치를 눌렀다.

그러자 축 늘어졌던 장비에 조금 탄력이 붙는다.

"이제는 찰흙처럼 변했죠? 이 상태에서 모양을 잡아주는 겁니다. 그리고 녹색 버튼을 누르면……."

스스스스스!

녹색 버튼은 마나코어에 전기 자극을 주어 장비 안에 들어 있는 특수 용액을 단단하게 만들어준다.

끼기기긱!

잠시 후, 양쪽으로 달라붙은 마나 장비는 서로의 마나코어에 이끌려 중간에 위치한 철판을 압박해 가며 빈 부분을 채웠다.

"이렇게 하면 찌그러진 부분이 다시 펴집니다. 그리고 이 장비의 겉면엔 강화 실리콘이 들어 있어 빈 공간을 채우게 됩니다. 어때요? 도색만 입히면 금방이겠죠?"

판금은 고도의 집중력과 미적 감각을 필요로 하는 작업이다.

잘못하면 판금을 해놓고도 욕을 먹는 경우가 허다할 정도로 민감한 작업이기도 하다.

그런 작업을 이렇게 손쉽게 할 수 있다면 아무리 초보자라도 쉽게 판금 작업을 할 수 있을 것이다.

"사장님께선 언제나 신기한 것만 보여주시는군요. 꼭 도라에몽(1969년 후지코 F 후지오 작)을 보는 것 같아요."

시기적절하게 4차원 주머니에서 기상천외한 도구를 꺼내주는 도라에몽은 꼭 화수를 닮아 있었다.

그 역시 잊을 만하면 마도학 기기를 발명해서 사용하기 때문일 것이다.

"칭찬인가요?"

"어떤 면에서는 그렇지요."

"어떤 면이라면 어떤……?"

"그냥 그렇게만 알고 계십시오."

화수와 전희수는 계속해서 장비를 옮겨 설치했다.

＊　　　＊　　　＊

화수가 공업사를 오픈했다는 소식을 듣고 많은 사람이 찾아왔다.

개업식은 하지도 않았는데 화환을 보내거나 화분을 보내는 사람들도 꽤 많았다.

"축하하네."

김철민은 가장 먼저 화환을 보냈지만 방문은 이틀 뒤에나 했다.

그만큼 리모델링 현장이 바쁘게 돌아가고 있었던 것이다.

"이게 모두 사장님 덕분입니다."

그는 고개를 가로젓는다.

"하하, 어떻게 이게 내 덕분인가? 자네가 뼈 빠져라 일한 덕분이지."

김철민이 화수에게 흰색 봉투를 건넨다.

"저번 공사 대금이 나오지 않았다고 해서 내가 대신 가지고 왔네. 원래는 내일까지 지급하기로 했다면서?"

"굳이 직접 가지고 오시지 않아도 되는데 말입니다."

"그럴 수야 있나? 당일에 지급하지 않았으니 내가 직접 가지고 와야지."

이윽고 그는 화수에게 흰색 봉투를 하나 더 건넨다.

"그리고 이건 축하 겸 보너스로 주는 걸세. 받게."

"사, 사장님, 이러시면……."

"어허, 받게. 내가 어디 못 줄 돈 주는 사람이던가?"

"그렇지는 않습니다만."

"받게. 내 정성이라고 생각하고."

"감사합니다."

화수는 그에게 공사 대금과 함께 보너스가 들어 있는 봉투까지 받았다.

김철민은 이어 화수에게 명함을 한 장 건넨다.

"그리고 내가 자네에게 소개시켜 줄 사람이 있네. 오늘 밤 술 한잔하지 않겠나?"

"물론입니다. 오늘은 제가 사지요."

"하하, 좋지. 이따 가게 정리하고 8시까지 시청 앞에서 보세나."

"예, 사장님."

볼일을 마친 김철민이 돌아간 후 화수는 전희수와 함께 공업사를 정리했다.

\*            \*            \*

김철민이 화수에게 소개시켜 주기로 한 사람은 베트남에서 무역상을 하고 있는 호앙이라는 사람이었다.

그는 베트남 특유의 동남아적인 느낌이 거의 없는 서구적인 얼굴과 체구를 가진 남자였다.

"응우웬 호앙입니다."

"강화수입니다."

30대 후반인 호앙은 예의범절이 몸에 배어 있는 전형적인 신사 스타일이었다.

세 사람은 대전 구 시청 청사 근처에 있는 칵테일 바에 자리를 잡고 앉았다.

"데킬라 괜찮은가?"

"저는 좋습니다."

화수의 대답에 호앙 역시 고개를 끄덕인다.

"좋지요."

주문한 술이 나오는 동안 김철민은 오늘 이 자리를 마련한 이유를 설명했다.

"호앙은 내가 베트남에 있는 현장에서 리모델링 일을 할 때 많은 도움을 주었던 사람일세. 한 4년 되었나? 그때 알게 되어 지금까지 연락하면서 지내고 있지."

"그렇군요."

"좋은 친구야. 알아두면 절대 손해 볼 친구는 아니지."

"감사합니다, 사장님."

이윽고 술이 준비되어 나오자 호앙이 먼저 술잔을 돌린다.

"제가 한 잔씩 드리지요."

"좋지."

먼저 김철민의 잔을 채운 호앙이 곧이어 화수의 잔을 채우며 묻는다.

"듣자 하니 고물상과 중고차상사도 함께하신다고 들었습니다."

"그저 작은 고물상 하나 돌리고 있지요."

"아니요. 규모가 꽤나 큰 것 같던데요. 대전에서는 중고 외제차라고 하면 지수자원을 꼽더군요."

"운이 좋았을 뿐입니다."

"어찌 되었든 사업이 번창하고 있는 것은 사실이지요."

그는 화수에게 뜻밖의 제안을 한다.

"그래서 말인데, 그렇게 싼 가격으로 저희에게도 차를 공급해 주실 수 있겠습니까?"

"지금 제가 취급하는 차를 수출하라는 말씀이신가요?"

"말하자면 그렇습니다."

호앙은 화수에게 자신이 만든 회사의 카탈로그를 보여준다.

"제가 현재 운영하고 있는 노블레스 중고품 시장입니다. 외국에서 물 건너온 명품들을 판매하고 있지요. 저희들은 베트남뿐만 아니라 태국과 미얀마, 인도와 인도네시아까지 상권을 확장시켰습니다. 특히나 인도와 인도네시아에선 물건이 없어서 못 팔 정도입니다."

"흐음."

"그리고 제가 사장님께 제안을 하나 더 드리고자 합니다."

그는 화수에게 또 한 장의 카탈로그를 펼쳐 보인다.

"현재 베트남과 미얀마에선 한국산 자동차와 오토바이가 강세입니다. 한국에서 150만 원에 팔리는 소형차가 물 건너와 정비만 조금 하면 400만 원에 팔리고 있지요."

그 언젠가 화수 역시 신문에서 본 적이 있는 사실이다.

베트남과 미얀마, 방글라데시 같은 동남아 지역에서 현재 한국의 자동차가 강세를 보이고 있다는 것이었다.

높은 연비와 뛰어난 엔진 출력을 가졌으면서도 다른 국가의 자동차보다 저렴하다는 것이 포인트였다.

"사장님께선 그저 굴러가게만 만들어서 저희에게 넘기면 가격은 알아서 쳐드리겠습니다. 고급 외제차처럼 외관에 신경을 쓴다거나 옵션에 돈을 들일 필요가 없다는 뜻이지요."

"확실히 이득은 많이 남겠군요."

"물론입니다. 듣자 하니 영어를 어느 정도 구사하신다고 하던데, 인도나 싱가포르 같은 곳에서 필요한 자동차를 역수입할 수 있도록 도와드리지요. 이 정도 조건이면 충분히 괜찮은 것 같습니다만."

동남아시아라고 하면 경제적 규모가 작다고 생각하는 경향이 있다.

하지만 인도나 인도네시아 같은 국가들은 경제 규모가 세계 20위권 안에 들 정도로 강성하다.

물론 인도네시아의 경제 구조는 화교들이 상위 계층을 독식하고 있어 빈부의 격차가 크다.

그러나 빈부 격차가 크다는 것은 중고 외제차가 많이 배출될 수도 있다는 의미하기도 한다.

한마디로 화수에겐 동남아시아가 기회의 땅인 셈이다.

"만약 제가 원하는 만큼의 물량을 조달해 주실 수 있다면 그만한 보상을 하겠습니다. 어떠십니까?"

화수로선 전혀 나쁠 것이 없는 거래다.

"좋습니다. 거래에 응하겠습니다. 제가 한국의 의리가 무엇인지 제대로 보여드리지요."

"하하, 듣던 중 반가운 소리입니다."

두 사람은 손을 맞잡았고, 김철민은 그들에게 술을 권했다.

"이렇게 좋은 날엔 술이 최고지. 다들 한잔 들자고."

"건배!"

세 사람은 동시에 술잔을 비웠다.

\*　　　\*　　　\*

외제차 물량만 확보한다면 몰라도 국내산 자동차와 오토바이까지 확보한다는 것은 확실히 쉽지 않은 일이다.

화수는 강한성에게 동업을 제안했다.

직접 울산까지 내려간 화수는 강한성과 바닷가를 산책하며 조건에 대해 상의했다.

그의 조건을 들은 강한성은 깊은 고민에 빠진다.

"흐음, 그렇게 된다면 확실히 이득은 될 겁니다만 지금 제가 거래하고 있는 곳과 틀어질 수도 있습니다. 사장님이야 폐차 직전의 차를 수리해서 가지고 간다지만 우리는 그럴 여력이 못 됩니다."

"그럼 이렇게 하시죠. 사장님께서 구하신 폐차들은 제가 적당히 높은 가격에 사들이겠습니다. 하지만 그렇지 않은 차들은 사장님께서 직접 수리해서 가지고 가십시오."

폐차를 고철로 분해해서 파는 것보다 높은 가격을 쳐준다면 강한성에게도 이득이 된다.

그렇게 해도 화수에겐 충분히 이득이 되는 장사이며 물량도 확보할 수 있는 셈이니 서로 윈윈인 셈이다.

그는 화수의 제안을 받아들였다.

"좋습니다. 대신 폐차 직전의 자동차를 제외하곤 다른 수입 상사들과 비슷한 규모로 분배해서 수출하겠습니다."

"그렇게 하시지요."

어느 한곳을 지정해서 편중되게 거래하게 되면 자칫 거래가 중단될 수도 있었다.

그래서 그는 조금 더 높은 시세를 쳐주는 차종을 선별해서 각기 달리 판매할 요량인 것이다.

"부산, 울산, 포항, 울진, 진해 등 남쪽에 있는 대도시에선 제가 폐차를 수집하겠습니다. 사장님께선 대전 지역을 돌며 수집해 주시지요."

"알겠습니다. 그렇게 하지요."

두 사람은 서로 파트를 나누어 폐차를 수집하기로 했다.

**9장**

매입에 나서다

　화수는 자신이 가진 고물과 외제차를 모두 처분하고 본격적으로 차량 매집에 나섰다.

　지금까지 모아온 비철이 한창 올랐을 때 팔아치워서 아주 든든한 현금이 되어 요긴하게 쓰일 예정이다.

　평소 그에게 외제차 매각에 대한 문의가 많이 들어오기 때문에 외제차는 그다지 신경 쓸 문제가 아니었다.

　지금부터 가장 큰 문제는 오토바이와 소형차의 물량을 조달하는 것이었다.

　그는 대전, 충남에 있는 고물상과 폐차장을 돌아다니면서 차량 매입을 시도했다.

최근에 타지에서 철거 작업을 많이 진행하다 보니 잔챙이 고물을 현지에서 처분하는 경우가 많아졌다.

그러면서 각 지방의 고물상과 친해지는 계기가 되었다.

오늘도 역시 철거 작업을 마치고 돌아가는 길에 고철을 판매하기로 했다.

"계십니까?"

다소 늦은 시각이지만 천안의 고물상 '천지자원'은 문을 닫지 않고 있었다.

"강 사장님 오셨군요. 안 그래도 지나갈 것 같아서 기다리고 있었습니다."

화수는 타 지역에 공사가 잡히면 그 지역의 단골 고물상에게 전화를 걸어 공사가 진행될 것이라고 전한다.

그럼 그는 화수가 언제쯤 공사가 마무리되는지 가늠해서 문을 닫을지 말지 결정하게 되는 것이다.

오늘은 화수에게 소량 매집을 할 생각인 듯했다.

그는 전자저울에 차량을 통째로 올려 차량의 무게를 뺀 만큼의 고철 양을 측정했다.

"15만 원이네요. 오늘은 비교적 양이 적은 것 같군요."

"현장이 워낙 작아서 그렇습니다."

"그래도 구리가 많아서 꽤 짭짤하게 나온 것 같군요."

"그러게 말입니다."

고철을 모두 처분하고 난 후 화수는 그에게 담배를 한 개피를 권했다.

"담배 한 대 피우시겠습니까?"

"그러시죠."

원래 담배를 즐기지 않던 전생의 화수이지만 현생의 화수는 꽤나 골초였다.

담배의 유해성을 잘 알고 있는 지금의 화수는 마나코어로 따로 필터를 만들었다.

이렇게 담배에 마나코어를 달아놓으면 대기 중에 마나가 떠다니는 이상 담배가 인체에 유해한 영향을 미칠 수 없게 만든다.

그러면서도 담배 특유의 향과 맛, 자극까지 그내로 전달되니 담배를 하루에 세 갑을 피우든 네 갑을 피우든 인체에는 전혀 무해하다.

하지만 담배 냄새는 어쩔 수 없으니 비흡연자 앞에선 피우지 않는 것이 좋을 것이다.

화수는 그에게 담배를 권하곤 불을 붙여주었다.

"쓰읍, 후우!"

"요즘 고철 값이 오락가락하는 것 같지요?"

"그러게 말입니다."

담배는 흡연자들, 특히나 남자들 사이에선 흔히 사교의 끈이 되곤 한다.

그렇게 담배를 반쯤 피웠을까?

화수는 슬슬 폐차 매집에 대한 얘기를 꺼냈다.

"아참, 혹시 아시는 폐차업자 없으십니까?"

"폐차업자요?"

"제가 요즘 국산 폐차를 수집해서 고쳐 팔거든요."

"외제차만 취급하시는 줄 알았더니 국산차까지 범위를 넓히신 겁니까?"

"어쩌다 보니 그렇게 되었습니다."

그는 핸드폰을 뒤적거린다.

"잠시만 기다리십시오. 천안, 청주 지역에서 고물상과 폐차장을 운영하는 사람들이 계모임을 갖고 있습니다. 사장님께 계주를 소개해 드리겠습니다."

"정말이십니까?"

"물론이죠. 이번 달 말에 계주가 모임을 주선했으니 한번 나오십시오."

그는 화수에게 계주의 전화번호를 알려준다.

"전화를 해보시고 계에 가입하십시오. 아마 스마트폰으로 초대장이 갈 겁니다."

"감사합니다."

화수는 곧장 계주에게 전화를 걸었다.

\*      \*      \*

스마트폰이 발달하면서 좋아진 점은 군이 계모임을 전화로 통보할 필요가 없다는 것이다.

일일이 전화를 돌리지 않고 채팅창에 일자와 시일을 통보하고 참석자와 미 참석자를 가리면 끝이다.

계모임에 가입하고 3일 후 청주에서 계모임이 있었다.

이번 계모임에는 청주, 천안, 충주, 아산 등 충청도 일곱 개 시에서 고물상을 한다는 사람들은 죄다 모이기로 했다.

모임에 가입하지 않은 사람들도 회원들을 통해 소개 받을 수 있으니 화수에겐 그야말로 보석과도 같은 모임이다.

계주로는 천안에서 폐차장을 운영하고 있는 정성면이 역임하고 있었다.

청주의 뷔페를 계모임 장소로 잡은 그는 3차까지 알뜰하게 계획해서 나왔다.

화수는 전화로만 목소리를 들은 정성면과 마주했다.

"안녕하십니까? 전화 드렸던 강화수입니다."

"오오, 반가워요! 안 그래도 말씀 많이 들었습니다. 대전에서 중고 외제차 사업을 하신다면서요?"

"그냥 작은 구멍가게 하나 가지고 있습니다."

"에이, 대전에서 소문이 자자하던걸요?"

"하하, 과찬이십니다."

그는 회원들에게 화수를 소개했다.

"자자, 주목해 주십시오! 이번에 새로 가입하신 강화수 씨입니다."

"안녕하십니까? 지수자원의 강화수라고 합니다. 잘 부탁드립니다."

짝짝짝짝!

박수갈채가 쏟아지고 난 후 그는 곧바로 건배를 제의했다.

"오늘의 건배 제의는 강화수 씨께서 해주시지요. 신입 회원의 건배사도 한번 들어봐야 하지 않겠습니까?"

그는 흔쾌히 제안을 수락했다.

"먼저 이런 자리에 저를 초대해 주서서 감사드립니다. 이렇게 좋은 분들과 술자리를 함께할 수 있어서 영광입니다. 우리 재활용 업계의 무궁한 발전과 건승을 위하여 건배!"

"건배!"

화수의 건배사가 끝나자 회원들은 일제히 잔을 비운다.

그리고 그의 곁으로 꽤 많은 사람이 몰려들었다.

"이번에 신문에서 봤습니다. 엔진 재생 기술을 개발했다면서요?"

"별건 아닙니다. 그냥 주물의 원리를 이용해서 다시 찍어내는 겁니다. 시쳇말로 상노가다라고 하지요."

"하하, 그래도 그만큼 돈은 벌지 않습니까?"

"이것도 꽤나 힘든 장사입니다. 잘못하면 주변 딜러들에게 테러를 당할 수도 있으니까요."

그렇게 크게 기사가 나간 것은 아니지만 같은 동종 업계에 있는 사람들끼리는 소문이 빠르게 퍼져 나간다.

그러니 화수의 일을 모르는 사람은 없을 것이다.

화수는 이렇게 사람이 많이 모였을 때 자신의 얘기를 풀어놓기로 했다.

"아참, 요즘 제가 국산차 사업도 시작했습니다. 혹시 폐차를 고철 값보다 더 받고 싶으시면 저에게 파십시오. 잘 쳐드리겠습니다."

"얼마나 더 쳐주십니까?"

"적게는 10만에서 20만까지 더 드리겠습니다. 만약 차의 상태가 좋으면 더 드릴 수도 있고요."

폐차에서 그 정도 금액의 차이는 꽤 큰 격차다.

박리다매로 공장에 넘기는 고철상에겐 상당히 매력적인 제안이다.

"마티즈나 아반떼도 받습니까?"

"물론입니다. 절도 이력만 없다면 오토바이도 대환영입니다."

"오토바이도 취급하십니까?"

"스쿠터는 30만 원까지 쳐드립니다."

"오오! 조건 좋네요! 3일 내로 제가 대전으로 가겠습니다!"

"저도요!"

"알겠습니다. 모두들 전화번호 좀 알려주십시오."

역시 온라인 정모(정기 모임, 혹은 정식 모임)보다 인맥 쌓기가 빠른 것도 없는 듯하다.

*　　　*　　　*

지수자원의 본 사무실에 희수의 대학교 동창생 다섯 명이 모여들었다.

그들은 화수가 지수에게 소개 받기로 한 기술자들로 자동차에 대해선 상당한 열정을 가진 사람들이었다.

"아시다시피 우리는 월급보다 인센티브가 많을 수밖에 없습니다. 그렇지 않으면 힘들어서 일을 못하거든요."

화수는 이들에게 전희수와 비슷한 조건을 내걸었다.

"폐차를 굴러가게 만들면 한 대당 5%, 외제차는 1%의 추가 수당을 드릴 겁니다. 그러니까 중고차를 200만 원 받으면 한 대에 10만 원을 받는 것이고 400만 원을 받으면 20만 원을 받는 겁니다. 참고로 우리 회사는 하루에 두 대를 넘게 수리할 때도 있습니다. 그러니 고생하는 만큼 버는 셈이죠."

월급 120만 원에 추가 수당 10~40만 원을 받는 직업도 별로 없을 것이다.

하지만 기술력이 그만큼 따라주지 못하면 돈을 아예 벌 수 없는 직업이기도 하다.

"할 수 있겠습니까?"

모든 인원은 강한 자신감을 보인다.

"물론입니다."

큰 그림으로 본다면 화수에겐 그다지 많은 돈은 아니지만 일하는 사람들의 입장에선 꽤나 큰돈이다.

아마도 일의 능률이 꽤나 올라갈 것이다.


화수는 기술자들을 데리고 자신이 개발한 장비들의 사용법에 대해 가르쳤다.

"이 기계들은 엔진의 부품을 재생시키는 기계입니다. 주물의 원리를 이용한 것이니 시간이 아주 안 걸린다고 말은 못하겠습니다. 만약 대체할 수 있는 부품이 있다면 좋겠지만 그렇지 않은 경우가 비일비재하니 앞으론 이 녀석과 친하게 지내야 할 겁니다."

그는 마모된 부품을 마나용광로에 넣고 녹색 버튼을 눌렀다.

그러자 마나가 퍼지면서 은은한 파란빛을 낸다.

하지만 화수는 그것을 차단하기 위해 네모난 마나용광로에 검은색 선팅을 해두었다.

"이렇게 스위치를 켜고 알람이 울릴 때까지 기다리면 됩니다. 한꺼번에 많은 양을 돌려도 상관없으니 필요한 만큼 쓰십시오. 하지만 돌아가는 중간에 뚜껑을 열면 큰일 나니까 절대로 열지 마십시오."

"알겠습니다."

아마 기계를 사용하는 일이 얼마나 위험한 것인지 알고 있다면 절대로 뚜껑을 여는 일이 없을 것이다.

하지만 혹시나 몰라서 화수는 재차 강조한 것이다.

이윽고 화수의 전화기가 울린다.

"예, 강화수입니다."

―사장님, 면접을 보러 온 사람들이 있습니다.

어제 그는 새로운 경리와 오토바이 전문 기술자를 모집한다는 공고를 냈다.

그 면접에 응시하는 사람들이 도착한 모양이다.

"알겠습니다. 곧 가지요."

화수는 면접을 위해 판암동 본 사무실로 향했다.

\* \* \*

늦은 오후의 충남대학병원.

수많은 인파가 북적이는 이곳에 지수가 홀로 병원을 찾았다.

그녀는 예전보다 훨씬 더 부드러워진 걸음으로 병원 프런트로 향했다.

"예제형 교수님께 진료 받으러 왔는데요."

"보호자 성함이 어떻게 되시죠?"

"강화수요. 저는 강지수구요."

"앞에 한 분이 대기하고 계시네요. 30분 내로 끝나니까 조금만 기다리세요."

"네, 알겠습니다."

이제 그녀는 왼쪽 안면 근육이 정상적으로 돌아와 말을 할 때 발음이 세거나 뒤틀리는 일이 없었다.

운동신경을 관장하는 뇌척수가 제 기능을 하면서 안면의 신경이 모두 살아난 것이다.

때문에 그녀는 걸음걸이만 뺀다면 일반인과 전혀 다를 바가 없었다.

그녀는 화수가 사준 스마트폰에 이어폰을 연결했다.

—사랑이라는 건 참 우스워.

핸드폰에선 박기영의 '산책'이 흘러나오고 있다.

이 노래는 그녀가 고등학교 1학년 시절에 자주 듣던 곡이다.

몸이 아프기 전 그녀는 가끔 친구들과 노래방에 가곤 했는데, 그때마다 이 노래를 꼭 불렀다.

목청이 꽤 좋다고 소문이 자자하던 그녀지만 이젠 어떻게 노래를 불러야 할지 감조차 오지 않는 지수다.

그렇게 가만히 앉아 노래를 듣고 있던 그녀의 곁에 누군가 다가와 앉는다.

"저기요."

지수는 한쪽 이어폰을 뺀 후에 고개를 돌렸다.

"네?"

"혹시 대전여고 나오지 않으셨어요?"

그녀에게 말을 건 사람은 남자다.

그것도 환자복을 입은 사람이다.

지수는 그의 질문에 의아함을 느꼈다.

남자가 여자에게 출신 고등학교를 물어보는 경우는 드물다.

관심이 있다면 전화번호나 이름을 물어봤을 테지 출신을 묻지는 않기 때문이다.

"네, 그런데요?"

조금 미심쩍긴 하지만 일단 대답은 하고 보는 지수다.

그는 그녀를 바라보며 의미심장하게 웃는다.

"혹시 남대전고등학교 다니던 차지원이라고 알아요?"

순간, 그녀의 미간이 살짝 일그러진다.

"…누구세요?"

그는 무릎을 친다.

"그래, 맞구나! 너 강지수지? 나야, 나! 강철이!"

"강철이?"

그녀는 자신의 기억을 되짚어보았다.

그리고 그녀는 10년 전 자신을 죽자고 쫓아다니던 지원과 그의 친구들을 떠올렸다.

"남대전고 유강철?"

"그래, 그 강철이야! 반갑다, 지수야!"

"오랜만이구나."

건장한 체구에 훤칠한 키, 그리고 순진무구하게 생긴 얼굴까지 10년 전 모습 그대로다.

하지만 지수는 그와의 만남이 그다지 반갑지가 않았다.

스무 살이 되던 해 그녀는 병이 발발하면서 주변의 모든 친구들과 연락을 끊었기 때문이다.

아마 그 역시 지수가 왜 연락을 끊고 지냈는지 알지 못할 것이다.

그는 지수가 자신을 꺼리고 있다는 것은 꿈에도 모른 채 계속해서 말을 걸었다.

"이야, 지수 너는 여전히 예쁘구나? 결혼은?"

"…아직."

"그래? 남자들이 너를 가만히 놓아두지 않았을 텐데?"

"내가 몸이 많이 안 좋아. 그래서 시집은커녕 동생이 나를 먹여 살리고 있는 중이야."

강철은 멋쩍음에 뒤통수를 긁적인다.

"미, 미안. 나는 그런 줄도 모르고……."

"아니야. 괜찮아. 그나저나 넌 어떻게 지냈니?"

"난 경찰이 됐어. 이제 복무한 지 5년이 다 되어가네."

"그래? 좋은 직장에 다니는구나."

"후후, 좋긴. 박봉인걸."

이윽고 프런트에서 그녀의 이름을 부른다.

"강지수 씨, 올라가세요."

"네, 알겠습니다."

그녀는 자리에서 일어섰다.

"나는 이만 올라가 봐야겠어."

"어, 그래. 진찰 받으러 온 모양인데 올라가야지."

"그럼."

그리곤 이내 돌아서는 그녀에게 강철이 어색하게 옷깃을 붙잡는다.

"지, 지수야."

"으, 응?"

"괜찮으면 연락처 하나만 줄 수 있어? 오고 가는 길에 만나서 밥이라도 먹자. 이렇게 만난 것도 인연이잖아?"

그의 어색한 미소를 보고 있자니 도저히 그 제안을 거절할 수가 없는 지수다.

"그래, 알았어."

그녀는 강철에게 전화번호를 알려주곤 곧장 진찰실로 향했다.

그리고 진찰실로 향하는 엘리베이터 안에서 그녀는 예전의 아름답던 기억을 떠올렸다.

'다시 그런 날이 올까?'

만약 자신이 다시 여자로 살 수 있다면 영혼이라도 팔 수 있을 것 같은 지수다.

하지만 그런 것으로 화수에게 부담을 주기는 싫다.

'그래, 그건 꿈이라고 생각하자.'

그녀는 강철의 전화번호를 삭제해 버렸다.

<br>

＊　　　＊　　　＊

<br>

화수의 회사로 면접을 보러 온 경리는 이제 막 여상을 졸업한 새내기다.

"이제 막 스무 살이 되었군요?"

"네, 하지만 자격증도 많이 땄고 학교 성적도 좋아요. 회사에 취직한다면 그 재능을 유감없이 발휘하겠습니다."

어리지만 아주 당차고 똘똘한 그녀다.

"좋습니다. 그럼 수습 기간 1주를 드리겠습니다. 그동안 함께 경리 업무를 담당하게 될 전희수 씨에게 업무에 대한 것을 인수인계 받으십시오. 월급은 초급 100만 원에 수습이 지나면 따로 수당이 나올 겁니다. 우리 회사는 일하는 만큼 버는 곳이니 열심히 하십시오."

"네, 알겠습니다!'

화수가 그녀에게 수습 기간을 겨우 일주일밖에 부여하지 않은 이유는 그녀가 썩 마음에 들어서는 아니다.

지금 직면한 물량 대란을 안정적으로 마무리 짓기 위해선 조금 타이트하게 그녀를 키워낼 필요가 있었다.

하지만 만약 그녀가 일을 제대로 해내지 못한다면 다른 인재를 구하거나 파견 대행업체에 전화를 해야 한다.

그러니까 지금 이 상황은 화수에게 있어선 일종의 도박이라고 할 수 있었다.

이윽고 오토바이 기술자들이 사무실로 들어선다.

"경력들이 대단하시군요. 한 분은 일본에서 근무하셨다고요?"

"네, 그렇습니다. 일본 H사와 S사에서 5년 동안 근무했습니다."

"현지에서 말입니까?"

"네, 일본 현지에서 엔지니어로 있었습니다."

"그런데 어쩌다 한국에 오시게 된 것이지요?"

"어머니의 건강이 급격히 나빠지셨습니다. 아실 겁니다. 후쿠시마에서 원자력 발전소가 폭발한 사건 말입니다."

일본에 일어난 대지진으로 인해 후쿠시마 지역은 쑥대밭이 되어버렸다.

그때 일어난 대지진의 여파로 원자력 발전소가 파괴되면서 방사능이 유출되었다.

그 때문에 지금 후쿠시마엔 사람이 거의 살지 않고 있다고 알려져 있다.

"그래서 한국으로 옮기신 거군요."

"일본 본사에선 한국으로 파견을 보내고 싶어도 자리가 없다고 합니다. 그래서 한국행을 택했지요."

"그런데 왜 우리 회사입니까? 다른 좋은 곳도 많을 텐데."

"거짓말 하나 없이 말씀드리지요. 돈벌이가 좋다고 들었습니다. 그래서 지원했습니다. 지금 어머니 수술비와 약값이 많이 들어가거든요. 보험으론 감당이 안 될 지경입니다."

"흐음, 그렇군요."

화수는 그 외의 세 사람에게도 지원 사유를 물었다.

한 명은 작년에 공고를 졸업한 새내기지만 각종 대회에서 수상한 경력이 있다.

그리고 다른 한 명은 최근까지 오토바이 숍을 운영하던 사람이다.

각자 출신 성분과 사연은 달라도 결국은 돈 때문에 화수의 회사에 지원한 것이다.

그는 이 세 사람 모두 고용하기로 했다.

"미얀마나 방글라데시엔 오토바이가 주력 상품으로 나가게 될 겁니다. 그때를 대비해서 세 분을 모두 채용하겠습니다. 조건은 공고한 것과 같이 기본 급여에 인센티브를 적용해서 지급합니다. 아시겠지만 인센티브가 높다는 것은 일이 힘들다는 것이지요. 각오는 되어 있습니까? 한두 달 하고 그만둘 것이라면 지금 포기하십시오."

세 사람은 고개를 가로젓는다.

"열심히 해보겠습니다."

"좋습니다. 그럼 오늘부터 당장 일하는 것으로 합시다."

화수는 세 사람을 데리고 공업사로 이동했다.

공업사에는 벌써 엄청난 물량이 각지에서 도착해 쌓여 있었다.

자동차 엔지니어들은 화수가 알려준 대로 마도학 장비를 이용해 한창 수리하는 중이다.

"저기 보이시는 장비들을 이용해 공동으로 작업합니다. 지금까지 여러분이 배운 것은 잊으십시오. 여러분이 기억할 것은 어떻게 오토바이가 굴러가고 어떻게 멈추어 서느냐는 것입니다."

"예, 알겠습니다."

화수는 그들에게 장비 다루는 법을 가르치고 그것에 익숙해지라고 조언했다.

그리고 그녀는 이곳을 총괄하게 될 전희수를 불러냈다.

"전희수 씨입니다. 조만간 직급을 올려 팀장을 맡길까 하는 우리 회사의 인재지요. 대형버스에서부터 작은 오토바이까지 바퀴가 달린 것이라면 모르는 것이 없는 인텔리입니다. 만약 문의 사항이 있다면 이분께 여쭤보시지요."

그녀는 아주 짧게 인사했다.

"전희수입니다. 물량이 많이 밀려 있으니 지금 당장 일부터 시작합시다. 일주일 후엔 울산에서 다시 물건이 올 테니 그때까지 절반을 끝내놓지 않으면 집에 못 갈 겁니다."

생각했던 것보다 훨씬 더 치열한 현장이지만 그들은 오히려 의욕이 샘솟는 듯하다.

그들 역시 일에 대한 열정 하나는 남부럽지 않은 사람들이었다.

"그럼 수고하십시오. 저는 일이 있어서 나가봐야겠습니다."

"그러시지요."

화수는 곧장 회사를 나서 도룡동으로 향했다.

*　　　*　　　*

아직까지 카이스트 정식 출입 허가가 떨어지지 않은 화수이기 때문에 밖에서 공형진을 볼 수밖에 없었다.

그는 화수에게 각종 도서와 논문 서적을 건넨다.

"시험에 도움이 될 겁니다. 아마 이것만 참고하셔도 충분히 테스트엔 통과할 수 있을 겁니다."

공형진은 화수가 이번 시험에 반드시 통과할 것이라고 확신하고 있는 듯했다.

"제가 테스트에 통과할 것이라고 어떻게 확신하시는지요?"

"저는 제 안목을 믿습니다. 그리고 당신의 가능성을 믿지요. 그렇기 때문에 통과는 따 놓은 당상이라고 생각하는 겁니다."

"박사님을 실망시키지 않으려면 열심히 해야겠군요."

"후후, 물론이지요."

그리고 그는 동네에 떠돌고 있는 소문을 얘기한다.

"듣자 하니 지수 씨의 상태가 많이 호전되었다고 하더군요."

"안면 근육이 점점 말을 듣기 시작했습니다."

"걸음걸이도 많이 호전되었고요."

"예, 그렇습니다."

그는 의미심장한 눈빛으로 화수를 바라본다.

"뭔가 비법이 있는 것인가요? 제가 워낙 의학 쪽으론 문외한이라서 말입니다."

화수는 실소를 흘린다.

"그냥 기적이라고 생각합니다. 그냥 병원에서 주는 약 잘 먹고 삼시 세 끼 꼬박 챙겨 먹은 것밖에 없습니다."

"그래요?"

대놓고 드러내지는 않지만 아마도 그는 화수에게 뭔가 있다고 느끼는 것 같았다.

아마도 그것은 오랜 공학도 생활로 단련된 특유의 감이 빚어낸 상황이 아닌가 싶다.

"아무튼 축하드립니다. 사업도 번창하고 누님도 호전되고 있다니 제가 다 기쁩니다."

"감사합니다."

이번에는 화수가 그에게 물었다.

"그나저나 하진이는 어떻게 지내고 있습니까?"

"잘 지내고 있습니다. 요즘엔 월, 수, 금요일엔 제 연구실에서 지내고 있지요."

"역시 영재교육 쪽으로 가닥을 잡은 겁니까?"

그는 고개를 가로젓는다.

"사람에게 중요한 것은 비단 학력만이 아닙니다. 천천히 사람과 만나면서 사회를 배울 필요가 있지요. 제가 하진이를 데리고 있는 한 조기 취학은 없을 겁니다."

공형진은 앞서나간 천재들이 사회의 기대와 부모의 욕심으로 인해 자신의 삶을 빼앗길 수 있다는 것을 잘 알고 있다.

카이스트에만 해도 조기 취학으로 10대 초반부터 대학에 묶여 버린 경우가 꽤 많다.

그들은 오로지 공학에만 집중해 다른 분야에는 거의 진출하지 못하는 상태가 되어버린다.

그렇게 되면 그들이 다른 곳에 흥미를 느끼고 재능을 가지고 있다고 해도 어쩔 도리가 없어져 버리는 것이다.

그는 하진이 그렇게 될까 봐 겁이 났던 모양이다.

"사람은 순리에 따라 살아야 합니다. 인생은 너무 빨리 가서 해서 좋을 것이 없어요."

"그래요. 교수님의 말씀이 맞습니다."

화수 역시 하진이 그런 틀에 묶여 버리면 어쩌나 하고 걱정이 많았다.

하지만 공형진이라는 사람이 있는 한 그럴 일을 없을 듯하다.

*     *     *

무려 3주일 동안이나 쉬지도 않고 작업을 한 결과 호앙이 주문한 물량을 간신히 맞출 수 있었다.

그는 평택항에 정박하고 있는 화물선에 컨테이너를 적재시켰다.

호앙은 화수와 강한성에게 감사를 전한다.

"감사합니다. 덕분에 돌아가는 걸음이 한결 가벼워졌습니다. 요즘 경쟁업체의 물량 공세 때문에 점유율이 많이 떨어지고 있는 참이었거든요."

"아닙니다. 저희들이야말로 감사하지요."

호앙은 화수와 강한성에게 비행기 티켓을 한 장씩 건넨다.

"인천에서 출발하는 비행기입니다. 배로 하노이까지 오기엔 시간이 많이 걸리니 비행기를 타고 오시지요."

수출 조건은 화수의 물량을 베트남까지 무사히 옮기는 것
이다.

화수와 강한성은 물량을 확보한 후 컨테이너 박스에 담아
서 베트남 하노이의 선착장에 옮기면 거래가 끝나게 되는 셈
이다.

그러니 배가 바다를 건너다 좌초되면 화수와 강한성의 책
임이다.

두둑한 보수를 받는 대신에 그만한 위험을 감수해야 하는
것이 바로 무역인 것이다.

하지만 직접 배를 타고 가기엔 거리가 너무 멀기에 호앙은
두 사람에게 비행기 티켓을 에매해 준 것이다.

"이렇게까지 신경을 써주시다니 뭐라 감사를 드려야 할지
모르겠군요."

"하하, 아닙니다. 사업 파트너에게 비행기 티켓 하나가 뭐
그리 대수겠습니까? 아무쪼록 하노이까지 안전하게 도착하
시길 빕니다. 저는 중국에 들러서 추가 매집을 끝내고 곧바로
하노이로 날아가겠습니다."

"그리하시지요."

화수와 강한성은 인천공항으로 향했다.

# 10장

걸림돌

베트남 하노이의 풍경은 화수에겐 상당히 이국적이면서도
인상적이었다.

자전거가 유난히도 많던 베트남은 10년 전부터 오토바이
수요가 급격히 늘어났으며, 최근엔 소형차의 수요가 폭발적
으로 늘어나고 있었다.

그 때문에 베트남 거리엔 한국산 소형차가 즐비했다.

"신기하군요. 남의 땅에서 한국 차를 보게 될 줄은 몰랐습
니다."

"그래서 베트남을 보고 기회의 땅이라고 하는 겁니다. 지
금 미얀마나 방글라데시 쪽에서도 한국산 차가 인기입니다."

그는 화수를 데리고 하노이의 한 식당가로 향했다.

늦은 저녁을 맞아 관능적인 패션의 여성들이 화수의 곁으로 다가선다.

"한국 돈 받아요."

"네?"

"한국 돈 받아요. 사장님, 한국 돈 받아요."

조금 어눌하긴 하지만 그녀는 정확히 한국어를 구사하고 있었다.

베트남보다 환율이 높은 원화는 현지인들이 가장 선호하는 화폐 중에 하나다.

그리고 한국에서 많은 관광객이 들어오다 보니 어지간한 장사꾼들은 한국어를 유창하게 구사했다.

"한국에서는 유흥가, 옛날엔 홍등가라고 불리던 곳이 이 근처에 있습니다. 이런 광경이 흔하니 신경 쓰실 필요 없습니다."

다른 것은 몰라도 거리 한복판에서 이렇게 사람을 붙잡는 것은 도무지 적응이 되지 않는 화수다.

얼떨떨한 표정의 화수에게 강한성이 씨익 미소를 지어 보인다.

"혹시 관심이 있습니까? 생각이 있다면 제가 잘 아는 집으로 소개해 드리고요."

화수는 황급히 두 손을 내저었다.

"아, 아닙니다! 저는 괜찮습니다!"

"하하, 뭘 그렇게 당황하고 그러십니까? 원래 외국에 오면 그 나라의 밤 문화를 먼저 탐방하는 것이 순리입니다."

"…그냥 맥주나 한잔하고 들어가시죠."

"그럼 그럴까요?"

화수는 그를 따라서 하노이의 작은 호프집으로 들어섰다.

세계 어느 곳을 가던 목요일 밤엔 일과를 마치고 맥주를 한 잔 걸치러 온 사람들로 북적인다.

고단한 하루를 정리하는 데 맥주만큼 잘 어울리는 술도 없기 때문이다.

두 사람은 생맥주와 닭튀김을 시켰다.

"원래 베트남은 튀김보단 국물 요리가 발달했습니다. 하지만 이곳만큼은 닭튀김이 주력입니다. 안주인의 솜씨가 아주 기가 막히거든요."

두 사람은 맥주가 나오자마자 잔을 부딪쳤다.

"지금부터가 진짜입니다. 수입보다 훨씬 더 어려운 일이 역수입이거든요. 아무리 지인을 끼고 하는 장사라곤 해도 텃새가 만만치 않습니다."

"들었습니다. 이쪽이 조금 드세다고 하더군요."

"세상 어느 곳을 가든 텃새는 있습니다. 하지만 베트남에 선 특히나 사람이 많이 죽습니다. 그건 알고 계시지요?"

"사, 사람이 죽어요?"

"10년 전만 해도 베트남에서 한국 남자들이 가장 인기가 좋았습니다. 하지만 요즘엔 무책임하고 비신사적인 행동으로 인해 혐한이 극으로 치닫고 있지요. 한국 제품은 잘 팔리지만 그 나라 사람들은 혐오하게 된 아주 희한한 구도가 만들어진 셈입니다."

얼마 전, 베트남에서 일어난 한국 교포 납치살해사건 역시 혐한으로 일어난 사건으로 추정하고 있다.

공개적으로 사람이 죽어나갈 정도라면 사태가 심각하다고 할 수 있었다.

"하지만 걱정하지 마십시오. 하노이는 생각보다 치안이 좋으니까요."

"…믿어보는 수밖에요."

장사꾼은 돈을 위해 목숨을 건다고 했다.

화수는 이곳에 온 김에 자리를 제대로 굳히고야 말겠다고 다짐했다.

\*　　　\*　　　\*

호앙이 운영하고 있는 중고 자동차 전시장은 화수가 생각한 것보다 훨씬 크고 방대했다.

하노이에만 무려 열다섯 곳이 넘는 중고차 전시장이 위치하고 있으며, 그 세력은 동남아시아 전역에 걸쳐 있을 정도였다.

10층 건물이 통째로 자동차 전시장으로 되어 있는 호앙의 점포를 둘러보는 화수의 입은 다물어질 줄을 몰랐다.

"대단하군요. 이렇게 크게 자동차 전시장을 한다는 것은 아예 자동차 시장을 하나 통째로 가지고 있는 것이나 마찬가지 아닙니까?"

"과찬이십니다. 아직까지 경쟁 업체들을 눌러내느라 등골이 휠 지경입니다. 두 개의 경쟁 업체에서 물량 공세로 밀어붙이는 통에 자금줄이 왔다 갔다 합니다."

"제가 그 경합에 조금이라도 도움이 되었다면 좋겠군요."

"확실히 도움이 되었습니다. 사장님께서 도움을 주신 덕분에 이번 분기의 점유 율이 10% 가까이 오를 전망입니다. 점유 율은 처음 초도 물량이 승패를 좌우하거든요. 이제부터 다시 중국과 한국을 오가면서 물량을 확보하면 일은 쉽게 풀릴 겁니다."

호앙 덕분에 화수 역시 떼돈을 번 셈이니 둘의 관계는 아주 이상적인 구도라고 할 수 있었다.

전시장을 둘러보는 가운데 갑자기 유리창으로 돌멩이가 날아든다.

쨍그랑!

"이런 빌어먹을 놈!"

"도망쳐!"

청년 두 명이 호앙의 전시장에 돌을 집어 던져 멀쩡하던 쇼

윈도 유리가 산산조각 나고 말았다.

CCTV가 설치되어 있긴 하지만 얼굴을 두건으로 가리고 있어 누가 누구인지 구분을 할 수 없다.

"…또 시작이군."

"아는 놈들입니까?"

"아마 경쟁 업체에서 보낸 놈들일 겁니다. 이따금 전시장으로 찾아와 행패를 부려대는데, 경찰을 불러도 소용이 없습니다."

"골치가 아프겠군요."

"경찰에 고소를 하려고 해도 물증이 없으니 그마저도 할수 없는 실정입니다. 더군다나 같은 방법으로 복수하자니 제위신에 금이 가니 그럴 수도 없고요."

그는 화수에게 경쟁 업체의 목록을 보여주었다.

"크고 작은 수리점과 중고차 전시장을 50개 이상 연합시켜 조합으로 만든 호냐읍이라는 곳이 가장 유력한 용의자이고, 그다음으론 외국계 기업인 주식회사 하트스톤입니다. 아마 하트스톤에 대해선 익히 들어보셨을 겁니다."

"물론이지요. 외국 계열 투자 기업이 아닙니까?"

하트스톤은 최근 5년 동안 세계 각지를 돌면서 그 나라의 굵직굵직한 기업들을 인수합병하면서 그 세를 늘리고 있었다.

인수합병으로 벌어들이는 돈만 일 년에 무려 1조 원에 달

하니 그들의 저력이 얼마나 무서운지 말하지 않아도 모두가 알 수 있는 정도이다.

"제 생각엔 하트스톤에서 이렇게 치졸한 짓을 했을 것 같지는 않군요."

호앙이 그의 말에 동의한다는 듯이 고개를 끄덕인다.

"예, 맞습니다. 놈들이 아무리 시장 점유율이 간절하다고 해도 대기업의 체면에 이런 말도 안 되는 짓을 했을 리가 없지요."

"그렇다면 남은 것은 호냐음이라는 조합이군요."

"애초에 이놈들일 것이라고 생각은 하고 있었습니다. 하지만 워낙 용의주도한 놈들이라 붙잡을 방법이 없습니다. 그렇지 않았다면 벌써 법정 공방으로 가고도 남았을 겁니다."

"아주 두고두고 골칫거리가 될 놈들이군요."

"후우, 그러게 말입니다."

깊은 한숨을 내쉬는 호앙의 얼굴에서 고뇌가 스친다.

"아무튼 이곳은 지점장이 알아서 수습할 테니 손님을 만나러 가시죠."

그는 화수와 강한성을 4층에 있는 접객실로 안내했다.

\* \* \*

화수가 만나기로 한 사람은 30대 초반의 미망인이었다.

그녀는 인도 계열 초대형 기업 앗산의 회장 마이클의 두 번째 첩으로 엄청난 양의 유산을 상속받았다.

20대 초반에 여든의 노인과 결혼해 얻은 막대한 자금력이다.

"밖이 왜 이렇게 소란스러워요?"

그녀의 짜증 섞인 소리에 호앙이 부드러운 미소를 짓는다.

"죄송합니다. 매월 있는 월례 행사 같은 겁니다. 월말이면 꼭 저렇게 찾아와 돌을 던지고 가는군요."

"그럼 방탄유리를 설치하면 되잖아요?"

"안 그래도 그럴 예정입니다. 다른 점포들은 이미 방탄유리로 바꾸었습니다만, 본사 건물은 삼면이 모두 유리라서 무리가 좀 있습니다. 하지만 조만간 개선할 겁니다."

"그래요. 그래야죠. 그래야 내가 투자한 돈을 손해 보지 않고 받을 수 있을 것 아니에요."

그녀는 호앙의 회사 지분을 10%를 가진 대주주다.

만약 그녀가 주식을 가지고 무슨 일을 꾸미려 마음먹는다면 호앙은 그것을 막느라 진땀깨나 빼야 할 것이다.

"그나저나 이 청년들은 누구?"

"소개가 늦었군요. 한국에서 저희 회사에 물량을 공급해 주고 계신 강화수 사장님과 강한성 사장님입니다."

"강화수입니다."

"반갑습니다."

그녀는 도도한 표정으로 인사를 받았다.

"얘기 많이 들었어요. 한국에서 사업을 꽤나 크게 벌이고 계시다면서요?"

화수는 고개를 가로저었다.

"아닙니다. 이제 막 수출업을 시작했을 뿐입니다. 그래서 사장님께 큰 신세를 지고 있지요."

"뭐, 어찌 되었든 응우웬 사장님이 이렇게까지 신뢰를 할 정도면 꽤나 수완이 좋다는 소리입니다. 이 사람은 실력이 없는 사람에게 절대로 일을 맡기지 않거든요."

"그렇습니다. 저는 강 대표님께서 이번 일을 잘 마무리 지어주실 것이라 믿어 의심치 않습니다. 그렇기 때문에 수입 건에 대해 일임을 한 것이고요."

호앙은 생각보다 더 통찰력이 있는 사람인 모양이다.

처음 보는 화수에게 수출에 대한 것을 맡긴다는 것은 들려오는 소문과 첫인상만으로 그의 가능성을 간파했다는 소리다.

그렇지 않고서는 호앙처럼 철두철미한 사람이 화수를 믿을 리가 없다.

"아무튼 베트남에는 잘 오셨습니다. 듣자 하니 중고 외제차를 수입해 가시겠다고요?"

"예, 그렇습니다. 가급적이면 상태가 나쁠수록 좋습니다. 저는 박리다매로 최대한 많은 물량을 가지고 한국으로 갈 예정이거든요."

"그러니까 폐차 직전일수록 좋다는 거지요?"

"그렇습니다."

그녀는 자신의 지갑에서 명함을 한 장 건넨다.

"이 사람을 찾아가 봐요. 아마 인도와 인도네시아 등지에서 물량을 구할 수 있을 거예요. 베트남은 제 소관이 아니니 응우웬 사장님께 말씀하시고요."

"감사합니다."

화수는 그녀의 명함을 잘 챙겼다.

이윽고 일어선 그녀가 화수에게 또 한 장의 명함을 건넨다.

"제 개인 번호예요. 나중에 기회가 된다면 함께 식사나 한 끼 하시죠. 제안하고 싶은 것이 좀 있는데."

"알겠습니다. 매집이 끝나는 대로 연락드리겠습니다."

"네, 그럼."

그녀는 자신의 비서에게 핸드백을 받아 도도한 걸음으로 일행을 떠난다.

그런 그녀를 바라보며 호앙이 씁쓸하게 웃는다.

"능력은 있죠. 하지만 가까이하기엔 너무나 위험한 여자가 아닌가 싶습니다."

속으로는 그것을 어렴풋이 이해하면서도 겉으로는 표현할 수 없는 화수다.

*　　　*　　　*


　화수와 강한성이 한국에서 가지고 온 화물을 하노이로 시가지로 옮기는 작업이 한창이다.

　그 현장에 선 호앙은 연신 소리를 질러댄다.

　"조심히! 조심히 내려놓으십시오! 어이, 거기! 잘 잡으라고 몇 번을 말합니까?!"

　그는 물건을 다루는 데 있어 상당히 조심스럽고 완벽함을 추구하는 듯했다.

　아무리 작은 실수라도 절대로 용납할 수 없다는 듯이 고함을 지르고 있다.

　화수는 처음 보는 그의 모습에 연신 감탄사를 쏟아냈다.

　"역시 사람은 겉모습만 보곤 판단할 수 없는 모양입니다."

　"그러게요."

　평소엔 한없이 신사적이고 조용한 그의 얼굴에서 이런 표정이 나올 수 있다는 것이 그저 신기할 뿐이다.

　이윽고 첫 번째 컨테이너가 호앙의 앞에 멈추어 섰다.

　그는 떨리는 마음으로 박스를 열어보았다.

　"오는 길에 풍랑을 만나서 배가 좌초될 뻔했다고 합니다. 그래서 지금 물건을 기다리는 제 마음이 편치가 않군요."

　"저 역시 그렇습니다. 제 전 재산이거든요."

　물건이 잘못되면 화수나 강한성이나 쪽박을 차게 된다.

그래서 그는 숨을 죽이고 상황을 지켜보고 있다.

철컹!

자물쇠를 열자 굳게 닫혀 있던 컨테이너 박스의 문이 열린다.

그리고 잠시 후 컨테이너 박스 내부가 모습을 드러냈다.

이윽고 드러난 컨테이너 박스의 전경은 그야말로 경악을 자아내기 충분했다.

"어, 없어?!"

"에엥?!"

세 사람은 당혹감에 두 발을 가만히 놓아둘 수가 없다.

무려 한 달을 고생해서 모아둔 물량이 하루아침에 감쪽같이 사라져 버린 것이다.

"이런 말도 안 되는……?"

화수는 믿을 수 없다는 듯이 창고를 드나들었다.

"이건… 도저히 있을 수 없는 일입니다! 어떻게 굳게 닫혀 있던 문이 열릴 수 있단 말입니까?"

"그, 그러게 말입니다."

황당한 표정의 화수에 반해 호앙은 분노에 찬 표정이다.

"…놈들입니다! 놈들이 우리 물건을 훔친 것이 틀림없어요!"

"그렇지만 증거가 없지 않습니까?"

잠시 후, 열 개의 컨테이너 박스 모두 다 내려놓았음에도 물건은 하나도 찾아볼 수가 없다.

"분명합니다. 하지만 증거가 없으니……."

화수는 컨테이너로 다가가 자신이 원래 붙여두었던 송장 번호와 컨테이너 박스의 번호를 확인했다.

"송장에 나와 있는 번호와 다릅니다. 분명 이건 도난입니다!"

"경찰에 신고하는 것이 어떻습니까?"

호앙은 고개를 가로젓는다.

"안 됩니다. 그랬다간 놈들이 어떤 짓을 벌일지 모릅니다. 물건을 그대로 찾자면 컨테이너 박스의 경로를 추적해야 합니다. 신고는 그때 해도 늦지 않아요."

화수와 강한성은 고개를 끄덕인다.

"그럼 지금 당장 물건을 찾지요. 이러다간 모두 쪽박을 차고 말겠습니다."

"좋습니다. 그렇다면 두 분께선 이곳의 CCTV를 판독해 주십시오. 저는 항만의 출입 일지를 모두 뒤져보겠습니다."

"그렇게 하시죠."

세 사람은 각기 조를 나누어 세 갈래로 갈라졌다.


\*          \*          \*


베트남 하노이 항구의 컨테이너 야적장.

네 명의 사내가 그 안을 살피고 있다.

"좋군. 가격은 우리가 원래 말한 그대로?"

네 명의 사내가 두 명의 사내에게 돈을 건네자 그들은 고개를 가로젓는다.

"아니지. 우리가 이것을 훔치는 데 얼마나 고생을 많이 했는데 그 정도 포상으론 어림도 없지."

"뭐라?"

"물건 값의 두 배를 내면 한번 생각을 해보지."

네 명의 사내 중 블랙이라고 불리는 남자가 앞으로 나선다.

아까부터 그들의 곁에 있던 검은 후드의 사내가 자신의 이름을 밝힌다.

"나는 블랙이라고 한다. 이름은 들어봤겠지?"

블랙은 동남아시아 암살 업계의 대부로 불리는 최고 기술자다.

그런 그가 쉽사리 단순한 물건 옮기기에 참여했을 리가 없다.

청년들은 환호성을 지른다.

"좋아, 좋아! 그럼 값을 더 불러도 상관없겠군. 그럼 값을 두 배로 올리지."

블랙이 고개를 가로젓는다.

"우리에게 그런 권한은 없다. 우리에게 주어진 돈으로 당신들이 훔친 물건을 받을 뿐이지."

"그럼 당신의 보스에게 전해. 거래는 불발되었다고 말이야."

"불발이라……."

사내의 기백 있는 말투에 블랙은 자신의 손에 낀 장갑을 벗는다.

"내가 장갑을 벗는 이유는 추후의 위험을 없애기 위함이다. 그러니 나를 너무 미워하지 마라."

"흥! 지랄 염병하고 자빠졌네!"

베트남에서 밀수로 20년을 버텨온 빌리는 블랙을 바라라보며 실소를 흘린다.

"감히 우리 바닷사람에게 덤비다니, 당신들, 제정신이 아니군."

"제정신이 맞는지 아닌지는 두고 봐야 알 일이고."

팽팽한 긴장감이 깨지기도 전에 블랙의 신영이 마치 그림자처럼 미끄러져 빌리의 앞에 당도한다.

팟!

"히, 히이익!"

"사람은 항복할 때를 잘 알아야 하는 법이지."

이윽고 블랙의 신영이 빌리의 코앞에 당도한다.

"자, 잠깐."

"잠깐은 없어. 우리의 목적은 바로 달성되어야 하거든."

그의 손이 빌리의 목덜미를 움켜쥔다.

쫘드드득!

"쿨럭쿨럭!"

"네놈처럼 쓸모없는 잔챙이들은 죽어 마땅하다."

"그, 그만⋯⋯."

푸하아악!

블랙의 허리춤에서 나온 단도가 빌리의 목덜미를 스치고 지나간다.

순식간에 일어난 살인. 주변이 온통 피바다로 변했다.

"히이익! 이런 미친!"

자신의 손에 쥐어져 있는 빌리의 머리를 끌고 갑판까지 간 블랙이 빌리의 시체를 바다에 집어 던진다.

첨벙!

아마도 그의 시신은 찾을 수 없을지도 모른다.

블랙은 자신의 손목 어귀에 달려 있는 단도를 꺼내어 탁자에 내려놓는다.

"입 다물 수 있나?"

"무, 물론이지."

"만약 다시 한 번 이런 얘기가 세간이 떠돌게 된다면 목숨을 부지하기 힘들 것이다."

"우리는 당신이 시키는 대로 입을 다물겠다. 그러니⋯⋯."

블랙은 고개를 가로젓는다.

"죽일 일 없다. 당신들이 입만 다문다면 말이지."

"아, 알겠다."

이윽고 블랙은 자취를 감추어 버렸고, 생존자는 다리가 풀려 그 자리에 주저앉는다.

*　　　*　　　*

CCTV를 확인해 본 화수는 그들의 행동이 얼마나 과감하고 조직적인지 알 수 있었다.

한 팀은 컨테이너 박스를 미리 점찍어두었다가 무게와 탈취 방법을 설계하는 듯했다.

그리고 그 뒤로 나타난 스무 명은 컨테이너 박스를 다른 배에 옮겨 싣는 작업을 한다.

이 모든 일이 벌어지는 동안 경찰이나 경비대는 출동하지 않았다.

아마도 이곳으로 오는 동안 자신들의 눈에 보인 경비와 세관들을 모조리 죽이거나 기절시킨 모양이다.

"빌어먹을 놈들이군. 아예 대놓고 범죄를 벌이고 있군요."

화수와 함께 CCTV를 지켜보던 강한성 역시 그의 의견이 동의한다.

"도대체 어떤 간이 큰 녀석이 컨테이너 박스를 통째로 움직일 생각을 할 수 있는지 모르겠습니다."

"그러게 말입니다."

"흐음."

지금 CCTV에 나온 화면은 두 눈으로 보고도 믿을 수 없는 장면이었다.

마치 명화에 나올 법한 장면이 연출되고 있었던 것이다.

계속해서 CCTV를 돌려보던 화수가 불현듯 화면을 멈추어 세운다.

"잠깐!"

"무슨 일입니까?"

"저기, 저기를 좀 보십시오."

화수는 수많은 사내 중 어깨에 특이한 문신을 한 사내를 잡아냈다.

"생화학 무기? 아니지. 어깨에 기하학 무늬가 새겨진 남자가 보이십니까?"

강한성은 눈을 가늘게 뜨고 앞에 보이는 사진을 조금 더 세심히 관찰했다.

"으음, 무슨 무늬인지는 몰라도 정말 문신이 있긴 있군요."

"저런 문신은 흔하지 않습니다. 저렇게 생긴 문신이 있는 놈을 찾으면 됩니다."

"하지만 몸에 어떤 문신을 했는지까지 알아내기란 쉽지가 않지요. 방법이 있겠습니까?"

"타투이스트들은 자신만의 도안을 가지고 있다고 들었습니다. 하노이에서 이름깨나 있는 사람이라면 저 문신에 대해 알고 있겠지요."

"쉽지는 않겠군요."

"우리의 전 재산이 걸린 문제입니다. 반드시 잡아야지요."

"알겠습니다. 제가 잘 아는 도박장 쩐주가 있습니다. 그를 한번 찾아가 봅시다."

"그러시죠."

두 사람은 하노이의 한 도박장으로 향했다.


                    *            *            *


하노이의 도박판은 세븐포커와 마작이 주를 이루고 있다.

하지만 그중에서도 진짜 노름꾼들이 하는 도박은 따로 있다.

"아침들 먹읍시다."

"저는 패스."

"나도."

카드 네 장을 가지고 치는 바둑이는 트럼프를 가지고 하는 도박 중에서 가장 배팅이 많이 올라가는 종목이다.

상대의 패를 아예 볼 수 없을뿐더러 판이 바뀔 때마다 카드를 교체하는 시스템이기 때문에 누가 언제 메이드(속칭 족보)를 잡을지 알 수가 없다.

카드는 총 세 번 교체가 되며 그동안 총 네 번 배팅을 할 수가 있다.

바둑이가 정확히 어디서 유래했는지는 알 수가 없으나 도박사들은 바둑이가 한국의 뒷골목 도박판에서부터 유래되었다고 추정하고 있다.

화수와 강한성은 그런 도박판에서 돈을 빌려주고 이자를 받는 사채꾼, 속칭 '쩐주'라 불리는 사내를 찾았다.

그는 도박장 구석에서 뒷골목 큰손들과 함께 바둑이를 치고 있었다.

테이블에 걸린 판돈만 한화로 10억 원. 베트남에선 건물 몇 채를 사고도 남을 돈이다.

그럼에도 불구하고 쩐주 에릭의 눈에는 긴장감이란 찾아볼 수도 없다.

"어때요? 돈들 거시죠. 나는 손 털었습니다."

에릭은 자신이 가지고 있던 돈을 모두 걸었고, 사내들은 살며시 패를 내려놓는다.

"…돈 가지고 올 테니 한 판 더 합시다."

"그러시죠."

돈을 모두 잃은 사내들이 자리에서 일어서자 에릭이 강한성을 보고 인사한다.

"어이쿠, 이게 누구야? 강한성 씨 아닙니까?!"

"하하, 오랜만이지요?"

"그러게 말입니다. 그때 문신을 한 친구는 잘 있지요?"

"물론이지요."

원래 문신을 몸에 새겨주는 사람은 도박판에서부터 그 시초를 찾아볼 수 있다고 한다.

도박판에서 노름을 하다 돈이 모두 떨어지면 개평으로 얼마간 돈을 받는데, 그것은 마지막 판에 단 한 번 지급된다.

그 마지막 개평을 받고도 돈을 잃으면 도박판에선 당장 퇴출이다.

하지만 손재주가 좋은 타투이스트, 속칭 뜨쟁이들은 잉크로 몸에 그림을 그리고 그것을 아로새겨 준다.

그것이 바로 타투이스트들의 출발점이다.

에릭 역시 도박판에서 수많은 사람에게 돈을 빌려주고 자신 역시 돈을 빌려 쓴 사람이다.

그러다 돈이 모자라 남의 몸에 문신을 새겨준 것이 몇 번인지 기억조차 할 수 없을 지경이다.

베트남 국립대학 미대를 졸업한 그는 워낙 손재주가 좋았고, 도박판에서는 따라올 자가 없을 정도로 뛰어난 경력과 솜씨를 자랑했다.

강한성은 사진에 나온 문신을 보여준다.

"이런 문신을 알고 있습니까?"

"으음, 특이하게도 블랙 엔 그레이를 트라이벌처럼 그렸군요. 이건 상당히 힘든 작업인데 말입니다."

"그렇군요."

트라이벌은 검은색 무늬를 기하학적으로 단순히 그린 그림을 말하는데, 최근 유럽에서부터 인기를 구가하고 있는 문신이다.

또한 트라이벌은 색이 없고 명함이나 배경도 없어서 유교 국가나 불교 국가에서도 그다지 혐오감이 덜한 패션 문신으로 분류된다.

그런 트라이벌을 흑색과 회색 대칭으로 명암까지 준 경우는 거의 없다고 봐야 한다.

흑색과 회색의 명암으로 그림을 그리는 블랙 엔 그레이는 동양의 이레즈미(흔히 야쿠자, 건달 문신)와 비슷하지만 색과 병풍이 없어 한국에선 예술로 표현되는 문신이다.

하지만 워낙에 구조가 복잡한 블랙 엔 그레이라서 트라이벌과 비슷한 기하학 무늬를 새기기엔 한계가 있다.

그러나 솜씨가 아주 뛰어나다면 불가능한 일은 아니다.

"딱 한 사람 있기는 있습니다."

"누구입니까?"

"듣기론 태국에서 온 뜨쟁이라고 합니다. 마오라는 사내인데, 칼을 다루는 솜씨가 가히 예술이라고 합니다. 그 예리함으로 문신을 새겨주고 다닌다고 들었습니다."

"혹시 저에게 소개시켜 주실 수 있겠습니까?"

에릭은 고개를 가로젓는다.

"어지간하면 만나지 않는 편이 좋습니다. 도박에 미친 사람이라서 인간관계가 아주 파탄지경입니다. 최소한 손목 하나 걸고 도박하지 않는 이상 만날 수도 없지요."

화수는 그에게 소신 있게 말했다.

"소개해 주시죠. 제가 한번 만나보겠습니다."

"가, 강 사장님?"

"진심입니까?"

"물론이죠."

에릭은 깊은 한숨을 내쉰다.

"후우! 좋습니다. 그렇게 원하신다면야 소개시켜 드리겠습니다. 하지만 나중에 후회하진 마십시오."

"알겠습니다."

세 사람은 자리를 옮겨 하노이 처고의 유흥가로 향했다.

*　　　*　　　*

북적거리는 인파를 뚫고 도착한 하노이의 유흥가 속 하급 주점 '화 프엉' 엔 도박이 한창이다.

그중에서도 단연 인기가 가장 많은 종목은 역시 바둑이다.

바둑이는 주변에 구경꾼들이 구름처럼 모여들 정도로 높은 인기를 구가하고 있었다.

"저녁입니다. 베팅들 하시죠."

"난 죽습니다."

"저는 카드셔플 패스입니다."

아침, 점심, 저녁.

바둑이에서 카드를 바꾸고 배팅하는 데 사용되는 용어다.

비록 베트남어로 말하고 있긴 하지만 화수가 듣기엔 어쩐지 한국적인 정서가 물신 풍겨오는 것 같다.

에릭이 바둑이 판에서 가장 많은 돈을 옆에 쌓아놓은 한 사내를 가리킨다.

"저 사람입니다. 도박에서 돈을 다 잃은 사람에게 손목을 받아내지요."

"어째서 도박판에 손목까지 거는 겁니까?"

"노름을 하다 보면 돈이 모자랄 때가 있습니다. 그때 자신의 모든 것을 걸게 되지요. 저 사람은 그 순간에 돈 대신 손목을 받아내는 겁니다."

생각만으로도 오싹해지는 자가 아닐 수 없다.

마오는 슬며시 자신의 배를 테이블 중앙에 집어 던진다.

"써드."

"써, 써드?!"

바둑이는 네 장의 카드를 각기 다른 문양과 다른 숫자로 만드는데, 가장 숫자가 낮은 패가 이기게 된다.

써드는 그중에서도 세 번째로 높은 패가 되는 프리미엄 메이드라고 할 수 있다.

사내는 절망에 빠진 표정을 짓는다.

지금 그의 테이블에는 돈이 하나도 남아 있지 않았다.

그는 공포에 질린 눈으로 마오를 바라본다.

"저, 저기……."

"도박판에서 잘못하면 손모가지 날아간다는 소리 못 들었나? 내가 오늘 네 손모가지 잘라서 도박을 아주 딱 끊게 해주마."

마오가 곁에 서 있는 부하들에게 말한다.

"나이프 꺼내라."

"예, 보스."

"히이익! 제, 제발 살려주십시오!"

"크흐흐, 난 이 순간이 제일 좋더라고."

이윽고 마오는 커다란 군용 나이프로 사내의 손등을 찍어누른다.

푸하아악!

"크어어억!"

사방으로 선혈이 튀어 올랐고, 사람들은 혼비백산해서 자리를 뜬다.

"미, 미친놈이다! 저놈은 미친놈이야!"

하지만 화수는 아직도 그 자리에 남아 있다.

'보통 놈이 아니군.'

사람의 손등을 나이프로 찍어 불구를 만든 마오는 아직도 테이블에 남아 있는 화수를 바라보며 묻는다.

"뭐요? 도박할 생각이 있는 거요?"

화수는 슬며시 의자를 빼내어 자리에 앉았다.

"그런 목적은 아닙니다만, 당신에게 뭔가 물어볼 것이 있어서 왔습니다."

마오는 다짜고짜 패를 섞는다.

"나와 한 판 승부를 벌여서 이긴다면 알려주도록 하겠소. 어떻소?"

"가, 강 사장님……!"

강한성의 만류에도 화수는 흔쾌히 그 제안을 수락했다.

"콜. 받지요."

"후후, 배짱이 두둑하군요."

화수와 마오에게 네 장의 패가 각각 돌아간다.

『현대 마도학자』 3권에 계속…

외전 Part 1

　추운 겨울, 유프란츠 평야에 눈이 내리고 있다.

　제국군 총사령관 카미엘은 엘리야르 고지에 서서 그 광경을 하염없이 바라보고 있다.

　"춥지 않으십니까?"

　그의 곁으로 부관 피란츠가 다가선다.

　"마도병기는 추위를 타지 않지. 나 역시 마도병기다."

　피란츠는 새하얀 눈을 바라보며 아련한 미소를 짓는다.

　"눈이라……. 눈이 얼마나 차가운 것인지 잊어버렸습니다."

　감각기관이 극도로 발달한 마도병기지만 고통이라는 신경

체계는 퇴화해 버렸다.

마나코어를 떼어내면 모를까, 죽을 때까지 추위와 더위는 느낄 수 없는 것이다.

"고통을 느낄 수 없다는 것은 어찌 보면 극악의 저주가 아닐까?"

"그 대신 상상도 할 수 없는 힘을 얻었지요. 저나 사령관님처럼 말입니다."

피란츠는 제국군 최고의 기사로 손꼽히는 검객이다.

하지만 전쟁에서 허리를 다치면서 반신불수로 전락해 버린 불운아이기도 하다.

그러나 마나코어를 장착한 지금 그의 검술은 열 배나 뛰어올랐다.

강함을 추구하는 기사에게 반쪽짜리 심장은 영혼과도 바꿀 수 없이 소중한 물건이다.

"강함이라……. 그래, 강함아 우리에게 준 것은 참으로 많지. 하지만 고통과 쾌락을 잃었다. 이것이야말로 저주가 아니고 무엇이겠는가?"

고통이라는 감각을 잃으면서 마도병기들은 쾌락이라는 감정도 서서히 잃어간다.

마나코어가 몸을 지배하면서 쾌락은 일반인의 1/10로 줄어들었고, 그 때문에 마도병기들의 감성은 상당히 메마른 편이다.

그나마 카미엘과 피란츠가 이렇게 감상에 젖을 수 있는 것은 마나를 제어할 수 있기 때문이다.

일반 마도병사들은 전우애나 사랑 같은 감정을 전혀 느끼지 못한다.

"마도학의 아버지라 불리고 있는 지금, 나는 이런 생각을 해본다네. 내가 수많은 젊은이에게 저주를 내린 것은 아닐까 하고 말이야."

피란츠는 고개를 가로젓는다.

"아닙니다. 사령관님께선 우리에게 축복을 주신 겁니다. 조물주도 해낼 수 없는 신의 영역에 올라서신 겁니다."

카미엘은 무관 중에서도 특히 기사 출신에게 인기가 높은 편이다.

마도학자로서는 처음으로 소드마스터에 오른 카미엘은 대륙 최초의 마검사로 기록되었다.

마법사와 기사라는 두 가지 영역을 넘나들면서 명성을 쌓아온 그는 검술로는 이길 자가 없는 극강의 존재였던 것이다.

기사와 마법사들의 추앙을 받으며 살아온 그는 마나코어라는 매개체를 개발하면서 마법사들의 비난을 받게 된다.

그렇지만 오로지 극강을 추구하는 기사들에겐 추앙을 넘어서 경외를 받기에 이른다.

자신들의 무위를 새로운 경지에 올려놓은 카미엘을 신처럼 생각하는 사람이 있을 정도이다.

피란츠 역시 기사이며 카미엘을 새로운 창조주로 생각하는 사람 중 한 명이다.

"사령관님이 가시는 길이라면 저는 지옥 끝까지라도 좇아갈 겁니다."

"후후, 그대의 충정에 항상 감복하는 바이네. 하지만 지옥 끝까지 좇아오진 말게. 저주는 이 땅에서 받은 것만으로도 족해."

"상관없습니다. 고통 속에서 죽어간다고 해도 저는 사령관님을 따를 겁니다."

피란츠의 눈가에는 지금 이 말이 허언이 아니라는 것을 반증하는 이채가 서리고 있다.

그는 그저 아무런 말 없이 그의 어깨를 두드려 준다.

*　　　*　　　*

북부연합군이 이끌고 온 10만의 병사와 마도병기군단의 대전투가 시작되려 하고 있다.

둥, 둥, 둥!

"검을 뽑아라!"

챙!

감성이 메마른 마도병기들에겐 감동이라는 단어 자체가 낯설게 느껴질 것이다.

하지만 그들이 카미엘을 경외하는 것은 언제나 변함이 없는 사실이다.

그는 병사들에게 아주 짧은 연설을 한다.

"이 검으로 우리는 적들의 수급을 베어 폐하께 바칠 것이다! 이길 수 있겠는가?!"

"와아아아아아아!"

"이길 수 있겠는가?!"

"와아아아아아아!"

마도병기들의 육성은 일반인의 열 배에 달한다.

삼만의 병사가 내지르는 함성은 병사 삼십만의 함성과 맞먹을 정도로 웅장하다.

대지를 진동시키는 엄청난 함성을 쏟아내는 그늘에게 카미엘이 외친다.

"우리는 승리한다!"

"사령관님 만세!"

이윽고 카미엘이 칼을 앞으로 내지른다.

"돌격!"

"와아아아아아아!"

카미엘은 자신이 처음으로 만든 마도군마 체이서의 고삐를 당긴다.

"이랴!"

히히힝!

근육의 발달과 심폐지구력이 일반 군마의 열 배에 달하는 마도군마는 그 돌파력이 상상을 초월한다.

무려 200㎏에 달하는 풀 플레이트 메일을 차고도 삼 일을 내리 달릴 수 있으며, 오로지 충성심이라는 감정 외엔 다른 감정이 존재하지 않는 심장을 가졌다.

때문에 불길이나 거대한 몬스터 사이에서도 전혀 겁을 먹지 않는다.

한마디로 마도군마는 카미엘이 만든 전쟁 기계인 셈이다.

마도군마 삼만 마리의 위용은 십만의 군사를 겁에 질리게 만들기에 충분했다.

"쐐기 진영으로!"

뿌우!

카미엘의 신호에 따라 기마대가 돌격 대형으로 진형을 바꾸자, 연합군 진영에선 공포가 조성되기 시작한다.

"거, 겁먹지 마라! 놈들은 우리 병력의 삼분의 일도 안 된다!"

적장의 외침에도 불구하고 연합군 병사들은 하나둘 절망하기 시작한다.

"우리는 죽을 거야! 죽고 말 거야!"

백인대장은 그런 병사들의 목을 쳐내고 있다.

서걱!

"크헉!"

"그런 정신머리론 어차피 죽는다! 다들 정신 바짝 차려라!"

북부연합군은 남부를 정벌하고 돌아온 카미엘에 대응하기 위해 병력을 짧은 시일 동안 급하게 모집했다.

그 때문에 병사들의 사기는 그다지 높은 편이 아니었으며 전투력 또한 일반 제국군에 미치지 못했다.

그런 그들에게 마도군단의 위용은 소름 끼치는 공포였다. 덜덜 떨고 있는 연합군 진영으로 카미엘의 기병창이 날아온다.

쐐에에엥!

무게 25㎏의 거대한 기병창은 병사 네 명을 관통해 들어가 종국에는 천인대장 한 명을 사살한다.

퍽퍽퍽!

"크허억!"

"대장님!"

이윽고 카미엘은 왼손에 쥐고 있던 검으로 자신과 마주한 첫 번째 병사의 목을 쳐낸다.

서걱!

"크악!"

그리곤 그 기세를 몰아서 연합군 진영을 짓밟고 지나간다.

"돌격!"

"와아아아아아!"

순백색 카미엘의 갑주가 붉게 물들도록 사정없이 돌격해

나가던 카미엘은 적의 후미에 도달해서는 곧바로 기수를 틀었다.

"좌현으로 돈다! 적병들을 모조리 깔아뭉개라!"

"충!"

마도기병대의 돌파력은 전차와 맞붙어도 완승을 거둘 정도로 엄청나다.

그런 그들 앞에 북부연합군 병사들은 그야말로 바람 앞의 촛불과도 같다.

"막아라! 막아라! 진영을 유지하란 말이다!"

카미엘은 연합군 부사령관 폴란츠의 목덜미에 자신의 검을 박아 넣는다.

"흥! 네놈이 아무리 뛰어봤자 내 앞의 벼룩이다! 죽어라!"

푸하아악!

단발마의 비명과 함께 절명한 폴란츠 때문에 연합군 진영은 공황상태로 접어든다.

"수비진! 수비진을 유지하란 말이다!"

"으으으으! 사, 살려줘!"

"으허어엉! 어머니!"

피와 공포로 점철된 연합군 진영은 그야말로 아비규환이 따로 없다.

그 중심에 선 카미엘은 인정사정없이 병사들을 학살한다.

"이놈들을 살려두지 마라! 추후 우리 제국에 골칫거리가 되고 말 것이다!"

"존명!"

그의 명령에 따라 겁에 질린 병사들이 무더기로 죽어나간다.

"살려주세요! 제발……."

퍼억!

"크억!"

"무기를 버렸습니다! 그러니 제발……."

"명령이다! 곱게 죽어라!"

마도군마가 될 말을 제외하곤 살아남은 생명체가 없는 북부연합군이다.

카미엘은 무려 하루 반나절 동안 적병을 학살하고 나서야 승리를 외친다.

"우리가 이겼다! 제국군 만세!"

"와아아아아아!"

"카미엘! 카미엘!"

병사들은 오로지 지금 전투를 승리로 이끈 카미엘의 이름을 연호할 뿐이다.

\* \* \*

나르서스 제국 28대 황제 레비로스가 격전지 유프란츠로 향하고 있다.

마차에 올라 있는 동안에도 그는 책을 손에서 놓지 않는다.

"폐하, 이제 반나절 정도 남았사옵니다."

시종의 목소리에 그는 고개를 들어 창밖을 바라본다.

카미엘이 만든 마도군단이 휩쓸고 간 자리엔 아직도 피가 홍건하게 남아 있다.

또한 숲엔 적병들이 쓴 것으로 보이는 병장기와 군복이 피로 물든 채 어지럽게 널려 있다.

"폐허가 따로 없군."

마도병기 군단의 전투력은 사상 최강이었지만 그들에 대한 평가는 그야말로 최악이었다.

민중은 그들에 대해 사람을 마치 도축하듯 죽이고 다니는 군단이라며 비난을 쏟아내고 있다.

카미엘은 레비로스에게 승리를 안겨다 주었지만 통치의 난항이라는 과제를 안겨주었다.

"어려서부터 사람의 머리를 참으로 아프게 하는 친구군."

마도병기의 특성상 살상에 대한 죄의식이 없으며 개중에는 살인을 취미처럼 즐기는 사람도 있었다.

승리의 자아도취에 빠지는 가장 빠른 방법이야말로 학살이다.

카미엘은 그런 그들의 성향을 잘 이용해 먹기 위해 어쩔 땐 일부러 학살 명령을 내리기도 한다.

물론 이것은 레비로스가 카미엘에게 내린 밀명으로부터 시작된 것이다.

군단장을 비롯한 모든 군부의 수장들을 제거하고 극우의 성향을 지닌 병사들까지 모조리 참수하라는 명령이다.

하지만 그것은 군사들에겐 또 하나의 즐거움이 되어버렸고, 지금은 걷잡을 수 없는 상황에 이르게 되었다.

카미엘은 마도병기 군단을 위해 영혼을 팔아먹고 있는 셈이다.

그는 어린 시절을 떠올린다.

"참으로 착하고 선한 친구였는데 말이야."

궁정마법학교에서 함께 동문수학하며 큰 레비로스와 카미엘은 막역한 지기였다.

당시 남작의 아들로 학교에 들어온 카미엘은 처음으로 레비로스에게 신분을 뛰어넘는 우정을 보여준 소중한 친구였다.

지금은 군신의 관계로 묶여 있지만 두 사람은 사사롭게는 말을 놓고 편안하게 술을 주고받는 사이다.

아마 레비로스의 40년 인생을 통틀어 가장 소중한 사람을 꼽으라면 그는 주저없이 카미엘을 꼽을 것이다.

그러나 최근엔 그 카미엘 때문에 골머리가 썩어 죽고 싶을 지경이다.

문신들이 군신들의 수장 카미엘을 정계에서 밀어내기 위

해 자꾸만 상소문을 올리고 있기 때문이다.

그들은 전쟁을 종식시키는 대로 카미엘을 지하 감옥에 유폐시켜야 한다고 주장했다.

또한 마도병기들 역시 그와 함께 수장시켜야 한다는 것이 그들의 생각이다.

레비로스는 친구인 카미엘을 살리기 위해 무던히도 애를 쓰고 있지만 그 때문에 잘못하면 제국의 결속력이 무너질 판이다.

"자네를 어떻게 해야 하는가, 카미엘. 나는 아직도 잘 모르겠네."

그에게 제국은 목숨과도 같다.

하지만 카미엘 역시 목숨과 바꾸어도 아깝지 않은 소중한 친구다.

자신을 위해, 또한 제국을 위해 영혼까지 바친 카미엘이 죽는다고 생각하면 이 세상을 살아갈 자신이 없어지는 레비로스다.

그렇지만 300년 황조를 이대로 무너뜨릴 수도 없는 노릇이다.

그는 열흘 만에 처음으로 책을 덮는다.

"머리가 아프군."

이럴 땐 카미엘과 함께 사냥을 하며 노숙하던 그때가 생각난다.

칼과 화살, 그리고 군장 하나씩만 메고 숲을 누비며 모험하던 그때의 향수가 그의 감성을 자극한다.

"땅은 침대, 하늘은 이불이라던 자네의 말이 떠오르는군."

밖에서 모든 것을 해결하고 신분의 구애 없이 대륙 전역을 떠돌던 스무 살 그때의 두 사람은 아마 세상에서 가장 행복했을 것이다.

젊음의 혈기를 모두 쏟아내고 청춘의 꽃을 피우던 그때엔 세상 남부러울 것이 없었다.

그는 자신의 일기장에 적혀 있는 그녀들의 이름을 되뇐다.

"줄리아, 제이나, 마리아나, 헤이나……. 자네와 내가 홀린 여자들이지. 지금은 잘살고 있을까?"

젊은 날의 열기를 식혀주던 하룻밤 동침녀들의 이름이다.

외모와 언변이 상당히 좋은 두 사람은 대륙을 유람하며 청춘의 씨앗을 여기저기 뿌리고 다녔다.

물론 지금 그녀들이 무엇을 하고 있는지는 알 수 없다.

다만 그는 그때의 기억을 소중하게 간직하고 싶어 이름을 적어두었다.

"후우, 술이 당기는군."

그는 시종에게 독주를 가져오라 명한다.

"미란츠를 가지고 오라."

제국 최고의 독주 미란츠는 술잔에 불을 붙이면 불이 붙을 정도로 독주다.

또한 서민들이 자주 즐겨 마시는 하품의 술이기도 하다.

황제이긴 하지만 젊어서부터 유람을 해온 그의 입에는 아직도 미란츠가 잘 맞는다.

여행길에 고급술을 구하기란 참으로 힘들뿐더러, 거의 무전으로 여행하던 두 사람이기에 사냥을 해서 돈을 마련하곤 했다.

그때의 습관이 아직도 몸에 배어 있다.

"폐하, 최고급 와인은 싫으신지요?"

시종의 질문에 그는 고개를 젓는다.

"그것은 개봉하지 말고 아껴두었다가 너희가 마셔라. 짐이 하사하는 술이니라."

"하오나 황비마마께서……."

"괜찮다. 짐이 직접 하사한 것이다. 마음껏 마셔라. 술을 마실 땐 짐이 직접 잡은 수사슴의 고기를 하사하겠다."

"성은이 망극하옵니다, 폐하!"

그는 누군가에게 은덕을 베푸는 것을 주저하지 않는다.

때문에 그의 나라는 상당히 부유하고 굶는 자가 없는 최고의 제국이 되었다.

인색한 관리는 쳐내고 악덕한 영주는 그 즉시 삭탈관직하고 유배를 보냈다.

흉년이 들면 관곡을 풀어 백성들을 구휼했으며, 일 년에 두어 번은 꼭 축제를 열어 백성들과 함께 술을 마시며 즐겼다.

때문에 정계에는 그의 정적이 상당히 많은 편이지만 백성에겐 최고의 성군으로 추앙받는 군주였다.

이 모든 것은 카미엘이 군을 이끌며 손에 피를 묻혀주었기 때문이다.

관리들이 반발을 일으키거나 귀족들이 모반을 획책할 때마다 카미엘은 그들의 목을 베어 성문에 효시했다.

또한 제국에 반기를 드는 세력이 있다면 그들의 사돈에 팔촌까지 찾아가 죽였다.

그 때문인지 제국은 레비로스 통지 15년 동안 단 한 번도 반란이 일어나지 않았다.

그런 그를 죽이라니, 레비로스는 깊은 한숨을 내쉰다.

"술이 없이는 살 수가 없구먼."

그는 오늘도 홀로 술잔을 비웠다.

*         *         *

북부연합군 십만을 모조리 도륙한 카미엘은 곧장 진군해 네 개 왕국의 항복을 받아냈다.

그리곤 곧장 기수를 돌려 마지막 남은 땅인 서부로 향했다.

잠시 유피란츠 평야에 주둔지를 편성하고 병사들에게 휴식을 명령한 카미엘은 전령에게서 뜻밖의 소식을 전해 듣는다.

"각하, 지금 폐하께서 이곳으로 오고 계신답니다."

"폐하께서?"

"오로지 고위급 관료들에게만 이 소식을 전한 채 소규모 병력만 꾸려서 오고 계신답니다."

"상당히 고된 길이 아닌가? 옥체가 상하시면 어쩌려고……."

부관 피란츠는 고개를 가로젓는다.

"원래 모험을 좋아하시는 폐하가 아닙니까? 그동안 15년을 참으셨으면 많이 참으신 거지요."

황정기사단에서 황태자 호위를 맡았던 피란츠는 황제에 대해 상당히 잘 알고 있다.

그는 이번 행차가 어쩌면 당연한 것이라고 생각하고 있는 모양이다.

카미엘은 그의 얼굴을 떠올리며 실소를 흘린다.

"하긴 우리가 함께 여행을 한 지 꽤 오래되긴 했지. 가끔 폐하께서 나에게 다시 한 번 여행을 할 수 없겠냐고 방법을 하문하신 적이 있지. 그게 진심이라곤 생각하지 않았는데 말이야."

"진심이셨을 겁니다."

그는 레비로스와 함께 여행하던 시절을 떠올린다.

"10대 후반부터 20대 초반까지 정말 쉬지 않고 여행했는데 말이야. 그때마다 선황께서는 진저리를 치셨지."

"후후, 저라도 그랬을 겁니다. 아들이라곤 딱 하나뿐인데 하루가 멀다 하고 집에 들어오지 않으니 말입니다."

"아마 황후마마께서도 속이 어지간히 썩으셨을 거야. 지금도 나를 보면 항상 얄궂은 사람이라는 듯 쳐다보곤 해서."

"그나마 지금 황자 전하들과 황녀 전하 네 분이 태어나신 것도 기적입니다."

카미엘은 너털웃음을 짓는다.

"폐하께서 워낙 그쪽으로 해박한 지식을 가지고 계셨기 때문이지. 나는 감히 상상도 못할 일들을 해내곤 하셨어."

"풍문으로 듣긴 했습니다만, 각하께서 말씀하시니 조금 더 와 닿는군요."

"젊은 날의 유랑이 꼭 나쁜 것만은 아니더라고."

젊어서 8년, 카미엘은 그때가 가장 행복했다고 생각한다.

만약 목숨이 하나 더 있다면 다시 그때로 돌아가고 싶다는 소망도 있다.

"아무튼 폐하를 내가 직접 맞이하러 나가야겠다. 군은 그대가 잠시 지휘하고 있도록."

"예, 각하."

카미엘은 병력 200명을 데리고 레비로스를 맞이하러 나간다.

*　　　*　　　*

레비로스의 단출한 행렬. 군부에서 전령이 도착했다.

"폐하, 지금 카미엘 유프란츠 총사령관이 병력 200명을 꾸려서 이곳으로 오고 있답니다. 아무래도 매복의 위험 때문에 대군은 이끌지 않은 것 같습니다."

무려 반년 만에 만나는 친구다.

레비로스는 처음 황비를 맞았을 때보다 더 설렌다.

"오랜만에 술 한잔 제대로 할 수 있겠군."

정적들에겐 증오의 대상이지만 그에겐 절대로 미워할 수 없는 친구다.

그는 카미엘이 만들어준 냉동고에서 향어와 사슴고기를 꺼냈다.

레비로스는 이곳으로 오는 동안 젊은 날의 경험을 살려 사슴을 사냥하고 낚시로 향어를 낚아 손질해 놓았다.

워낙 손이 큰 레비로스인지라 그 양이 무려 300명이 먹고도 남을 정도이다.

"짐이 요리를 할 것이다. 준비하라."

"하, 하오나……."

"준비하라. 여기서 야생 사슴을 나보다 더 잘 아는 이가 있더냐? 더군다나 향어는 잘못 요리하면 안 먹는 것보다 못한 생선이다. 짐과 사령관의 입맛을 사로잡을 수 있겠느냐?"

"…송구하옵니다, 폐하!"

그는 슬그머니 미소를 짓는다.

"그대를 책망하기 위해 말한 것이 아니다. 친구에게 줄 요리는 짐이 직접 하고 싶은 마음이니라. 자책하지 마라."

"성은이 망극하옵니다!"

시종들은 레비로스가 직접 사슴을 손질할 수 있도록 도구들을 준비하기 시작한다.

사슴 여덟 마리와 향어 50마리를 손질한다는 것은 상당히 힘든 일이다.

하지만 레비로스는 시종들의 도움을 받아가며 즐겁게 그것을 손질한다.

"사슴의 장기는 버리지 말고 잘 손질해서 보관하라. 그것으로 요리를 하면 풍미가 일품이다. 또한 뼈 역시 버리지 말고 놓아두라. 그것으로 육수를 내면 제 맛이 난다."

"예, 폐하."

"향어는 내장을 빼고 비늘을 모두 벗겨내라. 그래야 회를 쳤을 때 제 맛이 난다."

"명을 따르겠나이다."

요리엔 젬병인 병사들은 레비로스와 함께 가슴의 가죽을 벗겨낸다.

"목에서부터 털가죽만 벗겨내라. 너무 깊게 칼을 넣으면 지방층이 다 떨어져 나가 자칫 퍽퍽해질 수도 있어."

"충!"

황제의 진두지휘 아래 접객 준비가 수월하게 진행되고 있
다.

*    *    *

카미엘은 주둔지를 떠나 작은 마을인 아바리엔으로 향한
다.

아라비엔은 총 가구 50채가 되지 않는 아주 작은 마을이
다.

이곳에서 그는 레비로스와 함께 마실 술을 구하려는 참이
다.

"미란츠와 럼주를 구매하라. 될 수 있으면 많은 양을 구해
오도록."

병사들은 고개를 갸웃거린다.

"미란츠와 럼주는 왜……."

"폐하와 나는 다른 술은 잘 못 마신다. 그러니 그것을 최대
한 많이 구해오도록 하라."

"예, 각하."

병사들은 식료품점과 여염집을 돌며 미란츠와 럼주를 사
들인다.

워낙 도수가 높아 잡내 제거에 탁월한 미란츠이기 때문에
생선요리나 고기요리를 할 땐 필수적으로 사용된다.

강가가 인접한 아바리엔이라 주식이 거의 생선이다.

그러니 가정집에 미란츠는 몇 병씩 꼭 구비하고 있을 터이다.

카미엘 역시 직접 미란츠 공수에 나섰다.

똑똑.

"계시오?"

아라비엔의 한 가정집 문을 두드리자, 그의 허리에도 못 미치는 꼬마가 걸어 나온다.

"누구세요?"

"나는 제국군 소속 카미엘이라고 한단다. 혹시 엄마 계시니?"

아이는 부엌으로 달려가 엄마를 찾는다.

"엄마! 제국군이 찾아왔어!"

이윽고 주방에서 걸어 나온 그녀는 겁에 질린 표정으로 카미엘을 맞는다.

"무, 무슨 일로……?"

"지나가는 길에 미란츠를 좀 구매하고자 왔소. 혹시 가진 것이 좀 있소? 사례는 충분히 하리다."

"잠시만 기다려 주세요. 금방 가지고 나올 테니."

꼬마아이는 카미엘의 흰색 갑주가 마음에 든 모양이다.

"우와! 아저씨, 이게 뭐예요?"

"이건 갑옷이라고 하는 건데……."

아이의 엄마는 카미엘에게서 아이를 떼어낸다.

"그러면 못써! 엄마가 제국군은 무서운 아저씨들이라고 했지?!"

"하지만……."

"어서 떨어지지 못해!"

"으앙!"

그녀는 카미엘이 마치 괴물이라도 되는 양 아이를 떼어낸다.

"이런……."

결국 울음을 터뜨리는 아이. 카미엘은 아이에게 손을 뻗었다.

"울지 말거라. 아저씨가 초콜릿을 줄 테니."

"만지지 마세요!"

"미, 미안하오. 난 그저……."

"거기 가만히 계세요. 금방 술을 가지고 나올 테니."

카미엘은 그녀에게 아무런 말도 할 수가 없었다.

그가 짓밟고 지나간 땅에선 아마 카미엘을 귀신이나 괴물처럼 생각할 수밖에 없을 것이다.

누군가의 아버지이며 아들일 그들을 카미엘의 손으로 모조리 참수했기 때문이다.

'내가… 영혼을 팔았구나.'

스스로 살인마가 되고자 마음먹은 카미엘이지만 이 정도

로 엄청난 자괴감에 빠져들 줄은 몰랐다.

이윽고 술을 가지고 나온 그녀는 멀찌감치 떨어져 술병을 건넨다.

"자, 가지고 가세요."

"그럼 이 돈을……."

"돈은 필요 없으니 어서 가세요!"

이제는 아예 바닥에 술병을 내려놓은 그녀는 재빨리 문을 닫아버린다.

쾅!

충격에 빠진 카미엘은 하염없이 문을 바라보고 있을 뿐이다.

＊　　　＊　　　＊

반나절 동안 말을 달려서 도착한 황제 레비로스 진영에는 향긋한 고기 냄새가 진동하고 있다.

카미엘은 쌍수를 들고 자신을 환영하는 레비로스에게 달려가 부복한다.

"오오, 카미엘!"

"폐하! 이런 험준한 곳까진 어인 행차시옵니까?!"

"험준하다니, 그대와 내가 다니던 길에 비하면 붉은 융단과 같은 길이지. 이런 길을 두고 험준하다고 표현할 만큼 자네가 늙은 줄은 몰랐군."

"하오나 마마께서 아시면 소신은 이미 죽은 목숨이옵니다."

"하하, 그럴 일 없으니 걱정하지 말게."

황제는 200명의 병사들과 카미엘을 막사로 인도한다.

"거대한 천막을 쳤네. 이곳에서 먹고 마시면서 즐기자고."

카미엘은 식탁 위에 차려진 음식을 보곤 곧바로 이것이 레비로스의 솜씨임을 짐작한다.

"직접 만드신 것입니까?"

"오랜만에 실력 발휘 좀 해봤지."

"시종들은 도대체 뭘 하고……."

"짐이 하고 싶어서 만든 것이네. 오해하지 말게."

그는 못 말린다는 듯이 고개를 젓는다.

"참, 폐하께선 변함이 없으십니다."

"사람이 어디 쉽게 변하던가? 일단 좀 앉지."

식탁에 나란히 앉은 황제와 카미엘은 미란츠를 한 병을 개봉해서 술잔을 채운다.

술잔을 높이 든 황제가 병사들을 바라보며 외친다.

"오늘은 계급장 다 떼고 죽을 때까지 마시라! 첫 잔은 모두 털어내라!"

"성은이 망극하옵니다!"

잔을 부딪친 카미엘과 레비로스는 오랜만에 즐거운 시간

을 만끽한다.

\*　　　　\*　　　　\*

황도 나르세우스.

문신의 우두머리라 불리는 재상 한트가 자신의 측근들을
불러 모았다.

홍등가의 한 선술집 지하에 마련한 술자리에는 긴장감이
감돌고 있다.

"카미엘이… 북벌을 완수했다고 하네. 이번엔 마지막 땅인
서북으로 기수를 틀었다고 하지."

"이러다간 정말로 대륙 일통이 이뤄지는 것이 아닌지 모르
겠습니다."

"대륙 일통은 경사가 아닌가? 그건 축하할 일이지."

"그러나 이것으로 무신들의 콧대가 하늘 높은 줄 모르고
치솟을 것이라는 사실이 문제지요."

한트는 특유의 날카로운 눈을 좌우로 굴린다.

"그렇게 만들 수는 없는 노릇이지."

"뭔가 방법이 있는 것입니까?"

"자네들 혹시 마도병기에게 제독 능력이 있다는 소리 들어
봤나?"

순간, 문신들의 얼굴이 경악으로 물든다.

"설마 카미엘을 독살하자는 말씀이십니까?!"

"못할 것이 뭐 있나? 그놈은 사람 아닌가?"

"하, 하지만······."

"발각되면 나나 자네들이나 살아남지 못할 것이야. 하지만 이대로 가만히 있을 수도 없는 노릇이 아닌가?"

한트가 그들의 앞에 한 사내를 데리고 나온다.

"인사하게."

검은 로브로 얼굴을 가린 그는 살며시 고개를 숙인다.

"제이든이라고 합니다."

"누구입니까?"

문신들의 질문에 한트는 슬며시 이를 드러내며 웃는다.

"독에 대해선 모르는 것이 없는 사람이지. 뒷골목에선 이 남자를 두고 독왕이라고 부른다네."

"···정말로 카미엘을 독살하실 생각이시군요."

"물론이지."

문신들의 얼굴에 결연함이 스친다.

외전 끝

# HERO2300

FUSION FANTASTIC STORY

### 영웅2300

말리브 장편 소설

「도시의 주인」 말리브 작가의
## 특급 영웅이 온다!
# 『영웅2300』

돈 없는 찌질한 인생 이오열,
잠재 능력 테스트에서 높은 레벨을 받았지만

## "젠장, 망했어! 되는 일이 하나도 없어!"

하필이면 최악의 망캐 연금술사가 될 줄이야!

## 그러나 포기란 없다.
### 최악에서 최고가 되기 위한
### 오열의 이야기가 시작된다!

Book Publishing CHUNGEORAM

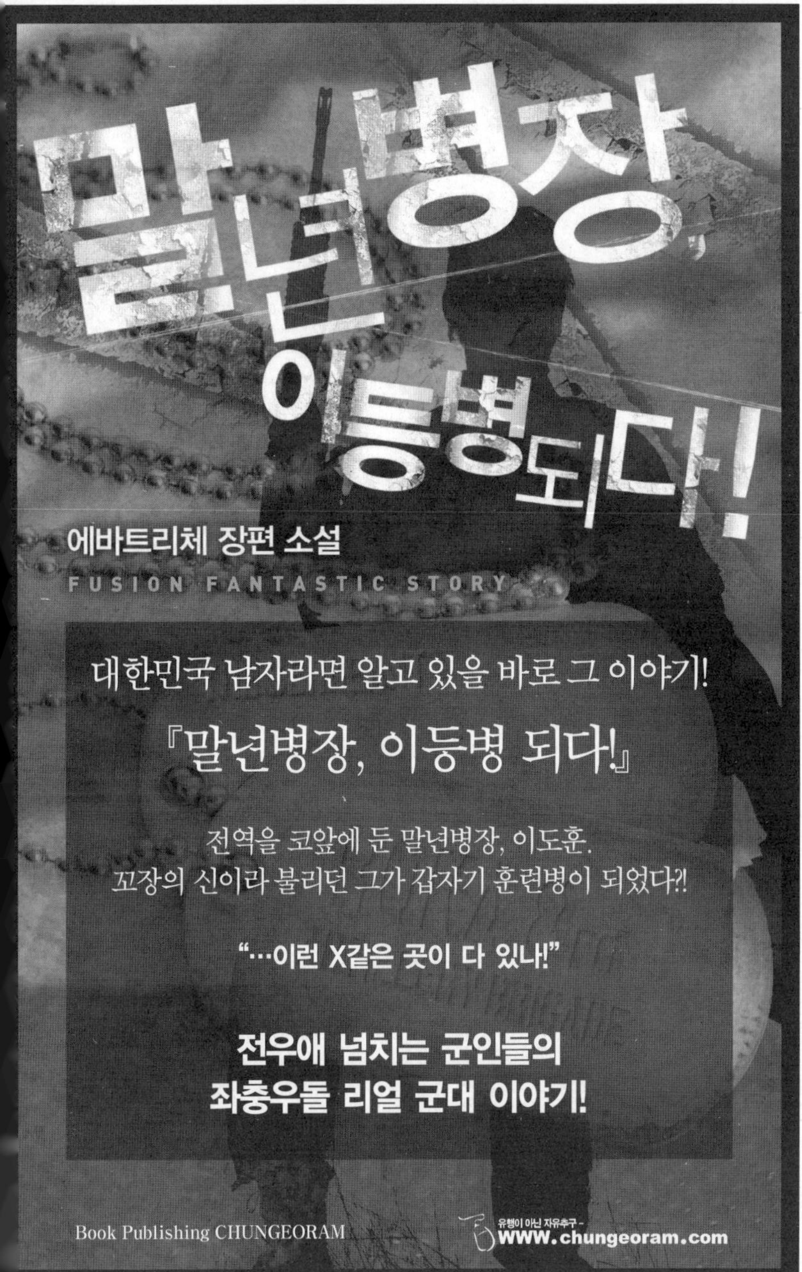
말년병장
이등병 되다!
에바트리체 장편 소설
FUSION FANTASTIC STORY
대한민국 남자라면 알고 있을 바로 그 이야기!
『말년병장, 이등병 되다!』
전역을 코앞에 둔 말년병장, 이도훈.
꼬장의 신이라 불리던 그가 갑자기 훈련병이 되었다?!
"…이런 X같은 곳이 다 있나!"
전우애 넘치는 군인들의
좌충우돌 리얼 군대 이야기!
Book Publishing CHUNGEORAM
유행이 아닌 자유추구 -
WWW.chungeoram.com

# FANATICISM HUNTER

# 광신사냥꾼

## 류승현 판타지 장편 소설

FANTASY FRONTIER SPIRIT

「블레이드 마스터」의 류승현 작가가 펼쳐내는
판타지의 새로운 신화!

마도대전을 승리로 이끈 유리언 대륙의 영웅,
최강의 아크 메이지 제온!

그러나 '세상의 섭리'에 아내와 아이를 빼앗기는데……

## 『광신사냥꾼』

만약 그것이 정말로 세상의 섭리라면,
그마저도 무너뜨리고 말리라!

복수를 위한 제온의 위대한 여정이 시작된다!

Book Publishing CHUNGEORAM

유행이 아닌 자유추구 -
WWW.chungeoram.com

# 생텀

이영균 판타지 장편 소설

FUSION FANTASTIC STORY

취재 현장에서 맞닥뜨린 녹색 괴물.
그리고 무혁은 한 번 죽었다.

## 죽음에서 깨어난 무혁에게 다가온 것은
## 숨겨졌던 이세계, 생텀의 존재였다!

현대에 스며든 악신 투르칸의 잔인한 손길.
생텀에서 온 성녀 후보 로미와 도멜 남작을 도우며
무혁의 삶은 점차 비일상에 접어드는데……

## 이계와의 통로는 과연 우연인 것인가?
## 생텀(Sanctum)의
## 진정한 의미를 찾아라!

Book Publishing CHUNGEORAM

유행이 아닌 자유추구
WWW.chungeoram.com

현대백수 장편 소설

FUSION FANTASTIC STORY

간웅

**뇌성벽력이 치는 어느 날!**
고려 황제의 강인번을 들고 있던
어린 병사가 낙뢰를 맞고 쓰러졌다.

하지만… 다시 눈을 뜬 이는
현대 대한민국에서 쓸쓸히 죽은
드라마 작가 지망생.

**고려 무신 시대의 격변기 속에서 눈을 뜬 회생[回生].**
**살아남기 위해! 죽지 않기 위해!**
**그의 행보로 인해 고려는 서서히**
**변하기 시작하는데…….**

치세능신 난세간웅(治世能臣 亂世奸雄)!

격동의 무신 시대!
회생, 간웅의 길을 걷다!

Book Publishing CHUNGEORAM

유행이 아닌 자유추구 -
**WWW.chungeoram.com**

절정고수들이 하늘 높은 줄 모르고 질주하는 현 세상.
서른여덟 개의 세력이 서로를 견제하는 혼돈의 시대.

그 일촉즉발의 무림 속에
첫 발을 디딘 어린 소년.

"나는 네가 점창의 별이 되기를 원한다."

사부와의 약속을 지키고
난세로 빠져드는 천하를 구하기 위해
작은 손이 검을 들었다!

박선우 新武俠 판타지 소설 FANTASTIC ORIENTAL HE

풍운사일

Book Publishing CHUNGEORAM

# 내일을 향해 쏴라

**김형석 장편 소설**

FUSION FANTASTIC STORY

1만 시간의 법칙!
'성공은 1만 시간의 노력이 만든다'는 뜻이다.

그러나…
사회복지학과 복학생 수.
전공 실습으로 나간 호스피스 병동에서
미지와 조우하다.

1만 시간의 법칙?
아니, 1분의 법칙!

**전무후무한 능력이 수에게 강림하다!
맨주먹 하나로 시작한 수의
인생역전이 시작된다!**

Book Publishing CHUNGEORAM

WWW.chungeoram.com

한량 아버지를 뒷바라지하며
호시탐탐 가출을 꿈꾸던 궁외수.

어린 시절 이어진 인연은
그를 세상 밖으로 이끄는데…….

"내가 정혼녀 하나 못 지킬 것처럼 보여?"

글자조차 모르는 까막눈이지만,
하늘이 내린 재능과 악마의 심장은
전 무림이 그를 주목하게 한다.

"이 시간 이후 당신에겐 위협 따윈 없는 거요."

무림에 무서운 놈이 나타났다!